私を変えた真夜中の嘘

夏木志朋　春田モカ　雨　川奈あさ

STARTS
スターツ出版株式会社

目次

私を変えた真夜中の嘘

月よ星よ、眠れぬ君よ

春田モカ

多分、感覚的に今はもう深夜二時を過ぎた頃だろう。

ついスマホで時間を確認したくなったけれど、余計に焦って眠れなくなるかもしれないと思い、なんとかこらえた。

ああ、明日も学校なのに。しかもテストがある。もうかれこれ二時間は目を閉じているのに寝られない。本当に、早く寝なければ。

ぎゅっと瞼《まぶた》を強く閉じて、ベッドの上で身をよじったけれど、寝ようと思えば思うほど、頭の中に今考えなくてもいいようなことが次々浮かんでくる。

学校での自分の発言がおかしかったんじゃないかとか、受験する大学をそろそろ決めなきゃとか、そういえばシャーペンの芯がもうないから買わないといけないんだったとか……。

今考えたってどうにもならないことばかり浮かんで、頭の奥を痺《しび》れさせていく。

窓際のベッドで寝ている弟のいびきや、外から不意に聞こえる救急車のサイレン音や、体を動かしたときの布が擦《こす》れるほんの少しの物音が、かすかに訪れてくれた眠気を一気に吹き飛ばしてしまう。

「んん……」

何度目かの寝返りを打ったところで、私は閉じていただけの瞼を、諦めて開いた。

薄明るい月明かりが、六畳ほどの狭い部屋にほんのり漏れている。

二月に入ってようやく冬本番のような寒さになり、先週は雪が降っていた。

不眠症——もう、こんな感じになって、三ヶ月が過ぎようとしている。

ホットミルクを飲んだり、寝る前にスマホをいじるのをやめたり、アロマを嗅いだり、いろんなことを試したけれどダメだった。

母親に相談しても、『そんなの目閉じてれば眠れるわよ』と雑に返されるだけで、病院などもってのほかという空気だった。

どうしたものか。私はため息をつきながら肩まで伸びた髪の毛をひと束掴《つか》み、瞼の上にアイマスクのようにかけた。

「あー、眠れない……」

怒りに近い、苛立《いらだ》った低い声が漏れ出る。

なにか強いストレスや悩み事があるわけではない。

それなのにどうしてか、私は最近夜が来るのがとても怖い。

○

結局、昨日眠りに入れたのは日が昇ってきた頃だった。

私は眠たい目を擦りながら、ホットプレートがどんと中心に置かれたダイニングテーブルの前に座る。

ホットプレートの上で、袋ごと逆さにして豪快に出されたであろうウィンナーたちを眺めながら、私はひとまず自分で注いだ牛乳を飲んだ。

「大志《たいし》ー！　あんた今日習字セット持ってくとか言ってなかったー？」

毎朝恒例の、母親と四兄弟のどたばたを尻目に見ながら、八枚切りのパンにマーガリンを塗りたくる。

五人兄弟のちょうど真ん中に生まれた、現在高校二年生の私は、体育会系の兄たちと、やんちゃしかしない弟たちに挟まれて、いつも朝は疲れている。

サラリーマンの父親は出勤が早く、朝会うことはほぼない。そのため、母親はいつも弟たちの世話に追われていて、末っ子を保育園に送り届けるまで文字通り髪を振り乱している。

「あ、姉ちゃん、この前貸したゲームの充電器返して」

「いやとっくに返したでしょ」

「はー？　ぜってぇ返されてねぇーし！」

三男で小学四年生の大志が、今日も朝から頭が痛くなるくらいギャンギャンと声を荒らげて絡んでくる。

呆れた私はテキトーに「どうせまたソファーの上に置きっぱにしたんでしょ」と言

うと、大志は「あーあったわ」と言って、疑ったことに対してなんの悪気もなく充電器を回収しリビングから出ていった。

どうしよう、地味に苛立ちが募ったせいで、より頭がぼーっとしてきた。なにを食べているのかもよくわからないままただ口を動かす。

「……で、だから、月世《つきよ》、あんたたまに様子見に行ってあげてね。ねぇ、聞いてる？」

「え？　うん」

末っ子でまだ二歳の祐希《ゆうき》を膝に抱えて目の前の席に座った母親が、圧をかけてこっちを見ている。

今日も髪の毛を後ろでひとつにくくっている母親は、着古した紺のトレーナーの袖をたくし上げながら、祐希に必死に朝ご飯を食べさせていた。

「もー、話ちゃんと聞いてた？　たく、朝からぼけぼけして……。駅東口のすぐそばにあるアパートね。ほら、一階がコインランドリーの！」

「ごめん……。なんの話？」

恐る恐るそう返すと、母親は明らかに呆《あき》れた顔をして目を細めた。

いつも早口な母親の会話は、ちゃんと聞いていないとほとんど耳からこぼれ落ちてしまう。

「ほら、昔遊んでいた同い年の弓弦《ゆづる》君。隣の家に住んでいた頭のいい子。中学から東《とう》京《きょう》行ってたでしょ？　訳あってこっち戻ってきたのよ、ひとりで。昨日引っ越し終えたらしいから、あんた同い年なんだし、昔よく遊んでたし、たまにアパートまで様子見に行ってあげなさいよ」

「……え？　地元戻ってきたの？　弓弦が？　なんで？　しかもひとりで？」

「あんたそこから聞いてなかったの？　随分前に言ったじゃな……あーあ、光輝《こうき》！　お弁当ここに忘れてるー！」

祐希を抱っこしたまま次男を追いかけバタバタと離れる母親を見ながら、私はひとりぽかんとしていた。

弓弦はお隣の一軒家に住んでいたひとりっ子の男の子で、小学生までよく遊んでいたのを覚えている。いわゆる幼馴染ってやつだ。

色白で顔が丸くて、のんびりした雰囲気の男の子だった。

中学受験で都内に引っ越してから会っていなかったけれど、わざわざどうしてこんな田舎の地元に戻ってきたのか。

しかもひとりでって……どういうこと？

おばさんたちは東京で仕事をしているから戻ってこられないとか……？

「雪子《ゆきこ》さんたちは永住するつもりであっちに転職してるからね、すぐ来られないんだって」

「そう……なんだ。え、まさかひとり暮らしってこと？」

「一応、弓弦君の従兄弟のお兄さんが住んでいるアパートみたいよ。でも夜勤だからほとんど顔合わせないし、心配だって雪子さん言ってた」

「そこまでして戻ってくるなんて……。あっちでなんかあったの？」

眉をひそめながら問いかけると、母親は残り物の野菜をパクッと口に運びながら斜め上を見た。

「まあ、都会に疲れちゃったんでしょう。いろいろあったのよきっと。だから、あんたも気にしてあげてよ。あ、そうだ筑前煮。余ってるから今日の夜持ってって！」

「えー、今さら話すことないし、なんで私が……」

よく遊んでいたけれど、正直弓弦のことはそこまで知らない。

頭がよくて、基本は穏やかな人柄だけど、たまになにを考えているのかわからない人だった。それなりに仲はよかったと思うけど。

同い年だからという雑な理由で自分が派遣されることに納得がいかない。ここは同性の男子が行ったほうがいいのではないか。

「母ちゃーん！　俺の習字セットどこー？」

「だからあ、さっきそこに置いたって言ったでしょう！」

しかし、はっきりと断る前に、母親はまた慌ただしくリビングを出ていってしまった。

私はうんざりしながら、ハイチェアにちょこんと座らせられた祐希と目を合わせる。

「祐希、私行かなくていいよね？」

「ダメー！」

「ええー」

内容をわかっているのかいないのか、祐希はばちんと小さな手でテーブルを叩《たた》いた。

私はため息をつきながら、さっき母親が早口で言っていたアパートの場所を、なんとか思い出そうとした。

○

「なにそれ漫画みたいじゃん！　その男子、イケメン？」

今朝あったことを、ショートカットが似合う友人の愛花《あいか》に話すと、彼女はぱっちりとした目を輝かせながら食い入るように質問してきた。

「えー、子供の頃の顔しか知らないから、今はわかんないなー」

「写真撮ってきて」

語尾にハートがつくような言い方に、思わず笑ってしまう。

「無理無理。愛花が望むようなイケメンじゃないよ」

笑ってスルーしながら、荷物を机の上に置いて席に座った。

しかし、前の席の愛花は椅子をこっちに向けて、まだ話を聞きたそうにしている。

少女漫画が大好きな愛花にとっては、ロマンチックな展開に感じるのだろうか。実際は、そんな空気感など一ミリもないのに。

「おっはよー。なに盛り上がってんのー?」

すると、そこにふわふわのロングヘアが特徴的な瑠美《るみ》がやってきた。いつも通りのんびりと近づいて、イヤフォンをバッグにしまっている。

「瑠美。あんた今日も遅刻ギリギリで生きてんね」

「えー? 愛花がキッチリなお母さんすぎるんだよ」

「誰がお母さんだ」

超マイペースな性格の瑠美に、ハキハキした性格の明るい愛花。ふたりは中学からの仲良しで、外から見てもすごくバランスがいい。

もともと仲のいいふたりの中に、あとから私が加わった形で、今はこの三人で過ごすことになった。

キャラがはっきりしているふたりのことが大好きだけど、たまに、私はここにいてもいいのかなと思ってしまうことがある。

「今さー、月世が少女漫画みたいな話してくれてさー」

「えーそうなん？」

「いや、全然そんなんじゃないからね」

愛花のフリをとっさに否定しながらも、瑠美にもさっき話したことと同じ内容を説明しようとした。しかし、瑠美はサッと目線を愛花に移して、右手のひらをパタパタと興奮した様子で動かし始めた。

「あ、てかさーその前に愛花！　この前、吉崎里佳子《よしざきりかこ》駅で見たんだけどー。なんかめっちゃピアス開けてたよ」

「え……、あの吉崎？　超懐かしいんだけど。いいキャラしてたよねあの子」

あ、今日もまた、私がわからない話になっちゃった。

私はパクッと口を閉じて、ふたりの盛り上がりを邪魔しないように空気になった。笑っているんだかなんだかわからない顔で、あはーと合いの手のようなものを入れる。

こういうときの表情の正解、誰かに教えてほしいなと、私は心から思った。

大丈夫。ふたりはもとから仲がいいのだから、話したい話題がたくさんあって当然だ。私にそれを邪魔する権利はない。

「あ、ごめんごめん。で、月世の話はなんだっけ？」

ひと通り盛り上がり終えた瑠美が、こっちにくるっと向き直った。

あまりに突然だったので、油断して真顔になっていたかもしれない。

「あ、えーと、古い幼馴染に筑前煮持っていくことになって」

「えぇー、なにそれぇ。もっと詳しく。てかなんで筑前煮」

瑠美は笑いながら本当に楽しそうに聞き出してくれたけど、私はあまりうまく笑えない。

本当は、そんなに私の話題なんか興味ないのではないか。

本当は、私がふたりの中に入ってきたことをよく思っていないのではないか。

本当は、私の居場所はここには用意されていないのではないか。

そんなマイナスな考えばかり浮かんで、また頭の奥の奥がズキッと痛んだ。

○

結局母親に言われた通り、帰宅後すぐ私服に着替え、日が沈む前に筑前煮を持って弓弦のアパートまで来てしまった。

二階建ての木造建築で、まだ築浅の綺麗《きれい》なアパートだ。

「なんか緊張するなあ……」

弓弦に最後に会ったのは、小学六年生のときだ。

都内にある中高一貫校に通うことになったと聞いたときは、頭がいい人にはそんな選択肢があるのかとただ驚いた。

あの頃の弓弦は、丸顔だけど体はまだひょろひょろで、女の子みたいに華奢《きゃしゃ》だった。背もそんなに高くなくて、私と同じくらいで……。

顔は、笑うとフニャッと目がなくなっていたことだけよく覚えている。

「よし。サッと渡して、サッと帰ろう」

インターフォンを前にずっとウジウジしていたけれど、首を横に振って気持ちを切り替えた。人差し指に力を込めて、ぐっとボタンを押してみる。

『はい』

「あ、あの、玉野《たまの》です。久しぶり……」

記憶よりずっと低い男性の声が聞こえて、心臓がドキッとした。

普通に成人男性並みの声の低さなんだけど……。あ、もしかして、弓弦じゃなくて同居している従兄弟の人かもしれない。あれ、でも夜勤でこの時間はいないんだっけ……？

ぐるぐると頭を回転させているうちに、ガチャッと重たいドアが開いた。

「……はい」

「わっ、びっくりした……！」

中から、想像したよりずっと背の高い男性が出てきて、私は思わず声をあげてしまった。

「びっくりしたって、そっちから来たんだろ」

「あ、ゆ、弓弦なんだよね……？　従兄弟のほうではなく……」

「そうだけど」

なんか、昔のふわふわとした空気感が一切なくなっている気がするんですけど……と、私は心の中で大きな衝撃を受けていた。

濃いグレーのスウェットに、ジャージのような緩いパンツを合わせて着ている彼は、長めの前髪を無造作に散らしている。優しい丸顔の面影は皆無で、顎から耳にかけてシュッとした、直線的な輪郭に変化していた。

「ごめん。もしかして寝てた？」

「いや……、別に」

私の問いかけに、弓弦はずいぶん間を空けてから首を横に振った。

すっかり垢抜《あかぬ》けて今時な男子になっていることよりも、なんだか重たいダークな空気感が強まっていることに驚いている。

しばらく固まっていた私だけど、弓弦に「で、なんの用？」とぶっきらぼうに聞かれ、本来の目的をなんとか思い出した。

え、待って私、この人に本当に筑前煮渡すの……？　無理じゃない……？

変な汗が噴き出てきたけれど、もうどうにでもなれという気持ちでタッパーを差し出した。

「あの、これ、お母さんが持っていけって……」

「え？　おばさんの手料理？」

「筑前煮。若い人は食べないかもしれないけど、まあ、テキトーにしてもらっていいから。じゃ、私はこれで」

「いや若い人って……」

なにか突っ込みたそうにしている弓弦を振り切って、私はぺこっと頭を下げて早々に退散しようとした。

思い出話なんかするどころではない。あんなに別人みたいになってしまった弓弦と会話が弾むわけがない。

急いで階段を下りていった——そのとき、突然くらっと立ちくらみがして私はとっさに手すりを掴もうとした。

「痛っ」

しかし右手は空振りし、膝から崩れ落ちることは防げず、私は思い切り両膝と左の手のひらを打ち付けてしまった。

まずい。睡眠不足のせいで学校でも立ちくらみが増えていたけれど、まさか今そうなるなんて。

「月！」

さっきまで眉ひとつ動かさない、まさにクール男子そのものだった弓弦が、血相を変えて階段を下りてきた。

弓弦に久々に名前を呼ばれて、そういえば月世ではなく『月』と略して呼ばれていたことを思い出す。

昔の愛称で呼ばれてようやく、私はこの人が弓弦なんだということを受け入れることができた。

「部屋上がって。手、血出てるから」

流れるように強引に肘を持たれた私は、そのまま弓弦の提案にぼんやりと従った。

○

「おじゃましまーす……」

弓弦の家……正しくは、弓弦の従兄弟の家は、全体的に紺か黒の家具で統一されていて、入った瞬間、兄たちの部屋と似ていると思った。

間取りは2LDKで、ふたりで暮らすには十分なほど広い。もともとは従兄弟が友人とルームシェアをしていた家らしい。

リビングに通された私は、コートを脱いでから所在なさげに紺色のソファーに座って、弓弦が来るのを待っていた。

「一応、絆創膏《ばんそうこう》見つけた」

ほどなくして、絆創膏の箱を持った弓弦が、リビングの奥から戻ってきた。

「あ、ありがとう」

「手、出して」

自分で貼ろうと思い受け取ろうとしたところ、弓弦が無表情のまま隣に座り、絆創膏の包装を破く。言われるがままに左手を差し出しながら、私はまじまじと弓弦の顔を眺めてしまった。

黒目がちな目元や白い肌は変わっていないけれど、鼻筋が高くなって、顔の形も縦に長くなった気がする。

昔は全体的に可愛《かわい》い印象だったのに、男子ってここまで骨格から変わるものなんだっけ?

自分の兄弟とは毎日顔を見合わせているので、成長過程を知らずに再会した男子の容姿のギャップにただ驚いている。

突出した喉仏に視線を移したところで、「終わり」と弓弦がひと言言い放った。

綺麗に左の手のひらに貼られた絆創膏を見て、私は深々と頭を下げる。

「あ、ありがとう……。助かりました」

お礼を伝えると、今度は弓弦がまじまじと私の顔を見つめてきた。

さっきまで自分がしていたことなのに、顔を見られるって嫌だな。

「え、なに。なんかついてる？」

「くま」

「くま？」

「動物じゃなくて、目の下のくま。なんでそんなひどいの」

指摘されて、私は「あー」と低い声を出した。

ソファーの近くに置いてある全身鏡にちらっと視線を移すと、そこにはクリーム色のニットにゆるっとしたブラウンのパンツを合わせた、ものすごく顔色の悪い自分が映っていた。

「いやー、なんか最近眠れなくてさ……」

「なに、なんかあったの？」

「え」

眠れなくて……と周りに言っても、そんなストレートに原因を聞かれることなんて今までなかったから、驚いた。

世間話のように、ただ流されてしまうことがほとんどだったから。

弓弦は真剣な顔で、じっとこっちの反応を待ってくれている。

久々の弓弦との再会に最初は緊張していたけれど、やっぱり弓弦のこういう優しさは変わっていない。

少しずつ昔の空気感を思い出すことができた私は、ぽりぽりと頭をかくそぶりをした。

「いやー、なにもないんだけどね。ほんとに。だけど、なんかいろいろ寝る前に考えちゃって、そうすると、眠れなくなるんだよね」

あんまり深刻にとらえてほしくなくて、サラッと話したつもりだったけれど、弓弦は真顔のままだ。

ちゃんと話してほしいと思っているのかもしれない。そう気づいた。

目の前に置かれているテレビの黒い画面を見ながら、私はゆっくり口を開く。

「不眠症なのかも。もうね、眠れないと思うとどんどん眠れなくなって……。最近は夜が怖くて。一、二時間しか眠れない日もあると、さすがに日中キツくてさ。このことを母親に相談しても、あんまり取り合ってもらえないからどうにもできないんだよね」

　こんなこと、初めて誰かに真剣に相談したな。

　だって、誰かに話したってどうしようもないことだから。

　弓弦だってこんなふわっとした悩みを聞かされて困っているだろう。

　そう思い恐る恐る視線を弓弦に移すと、彼はなにか言いたげな表情をしていた。

「わかる。俺も最近、眠れないから」

「え、そうなの？　弓弦も不眠症？」

　予想外の発言に、仲間を見つけたような気持ちになり、私はつい声を弾ませてしまった。

　しかし、弓弦はゆっくり首を横に振る。

「いや……、ショートスリーパーなんだ。少しの睡眠で事足りるから、夜が暇で長い」

「なにそれ。あんまり寝なくて平気ってこと？　寝不足よりなんか言い方かっこいいな」

　完全に昔と同じ調子を取り戻していた私は、素直な感想を口にした。

　弓弦は呆れるでも、笑うでもなく、ずっとなにかを考えている顔をしている。

　それから、ひとつ大きな決意をしたかのように、目に力を込めて私のことを見つめてきた。

「夜が怖いならさ、一緒にいる?」

「え?」

「遊びに来れば。暇だし」

「え……、ここに?」

多分今の私は、思い切り間抜けな顔をしているだろう。急な提案に、思わず固まってしまう。

ふざけているのかとも思ったけれど、弓弦が今ここでそんな冗談を言うメリットが見つからない。

「あ、でもおばさんに怒られるか」

「いや……、いつも祐希……あ、弓弦が東京行ったあとに生まれた弟ね。母親、いつも祐希を寝かしつけてそのまま寝落ちしてるから、そういえば家抜けても絶対バレないな」

父親も深夜まで働いてるし……。たしかに私は、家を抜け出すことなんて容易だ。彼氏がもしいたら、いくらでもこっそり会えるだろう。いないけど。

「本気で言ってるの? 暇だったら本当に来るかもよ」

「いーよ。月いつもそうだったし。遊ぶ約束しても、来たり来なかったり」

「え、そうだったっけ?」

弓弦の呆れたような発言に、私は思い切り眉間のしわを濃くした。過去の自分の行動をまったく思い出せない。

いや、そんなことよりも。年頃の男女が夜に同じ部屋に集まるなんて、さすがに世間的にはよくないのでは……？

なにか言いたげな顔をしている私を見て、弓弦はソファーにどかっと背中を預けた。

「安心して。俺たちなら絶対漫画みたいな展開はないから」

「それはそう」

弓弦の発言に、真顔で即答した。

たしかに弓弦は大きくなったけど、今ふたりきりになっても、男女のような変な空気は一切流れていない。

心配なのは周りの反応だけで、それはそんなに大した問題ではないと思った。

私はスッと立ち上がると、ソファーの背もたれにかけていたコートを羽織る。

「まあ、寒くなくて、暇なとき来るわ。なにか楽しいもん用意しておいて」

「なんだよ楽しいもんて」

「楽しくて、眠くなるやつ。よろしく」

「ふざけんな」

「わははは」

勝手な無茶ぶりに思い切りげんなりとした様子の弓弦を見て笑いながら、私はコートのボタンを留める。

「……じゃ、また」

「おー」

「鍵ちゃんと閉めなよ」

リビングで別れを告げて、私はそっと扉を開けた。

スマホで時間を確認すると、もう夜の九時になっていた。

二月の空気はまだ冷たいどころか、先月よりも寒さが増している気がする。

夜空に浮かぶ月を眺めながら、そういえば弓弦がどうしてこっちに戻ってきたか本人の口から聞くのを忘れてしまったことに気づいた。

「まあ、今度でいいか」

その日の夜も、やっぱり私はなかなか眠ることができなかった。

けれど、そこまで孤独感や不安はなく、昔弓弦とどんな風に遊んだかをゆっくり思い出しながら、夜を過ごすことができた。

思い浮かぶ弓弦はやっぱり可愛らしい雰囲気で、『月』と高い声で私の名前を呼んでいた。

『月、知ってる？　木星には巨大な嵐があってー……』

そういえば、弓弦は宇宙の雑学が好きだった。よくクイズを出されては、へぇと驚いたものだ。

今も宇宙の本とか読んでいるのかな。今度聞いてみよう。

そんなことを思っているうちに、どうにか空が明るくなる前に眠ることができた。

○

「待ってなにその漫画みたいな展開！　それで行くの？　その男の子の家……」

昨日のことをざっくり話すと、愛花は予想通り両手で口元を覆いながらオーバーなリアクションをしてくれた。

「まあ、また母親に夕飯デリバリー頼まれたら、遊びに行こうかな」

「本当大丈夫なの!?　いやでも展開あったほうが楽しいけど」

心配する一方でぶつぶつつぶやいている愛花に、思わず笑いがこぼれてしまう。

そんな愛花の隣で、瑠美も少し心配そうに話を聞いてくれている。

「もしなにかあったらすぐ逃げるんだよぉー？」

「大丈夫だよ。背は高いけど、手首は私より細かったよ。腕相撲なら勝てるね」

「本当にぃー？」

瑠美が私の発言に、語尾を伸ばしながら眉をひそめている。

男女の友情なんて、思春期真っ只中の高校生からしたら、一番想像しにくいのかもしれないな。

そもそも友情自体が弓弦との間にあるのかどうかもわからないけれど。

でも、こうしてふたりに心配してもらえることは素直に嬉しいと思った。

「そういや、愛花も中学のときさー、あったよね。男子に夜呼ばれたこと」

しかし、今日もいつも通り昔話にすり替わってしまった。

瑠美の話題を受けて、愛花は「いつの話！」と慌てて騒いでいる。

私はまたよくわからない笑みを浮かべたまま、その場に馴染もうとした。

「おい玉野ー」

そのとき、教室に入ってきた担任の教師に突然名前を呼ばれた。

助かった。正直、そう思ってしまった。

体育を担当している、三十代くらいのサバサバした女性の担任は、今日も結べるギリギリの長さの黒髪を後ろでひとつにまとめている。

すぐに「はい」と返事をして近づくと、先生は困ったような顔で名簿を眺めた。

「あのさ、保護者面談の変更の日程、まだ連絡来てないけどお母さんどんな感じ？」

「えっ、電話するって言ってたんですけど……、来てないんですね」

ほかの兄弟の行事と被っているとかなんとかで、母親は面談の日程をずらすことを繰り返していた。

迷惑をかけてしまったことを申し訳なく思い、私は「すみません」とか細い声で謝罪した。

「まあお子さん五人もいるとお母さんも大変だわな。リマインドよろしく」

「はい、言っておきます」

母親はパワフルだけどとにかく雑で忘れっぽい。とくに私のことに関しては。

正直、こうして自分に関するイベントごとを後回しにされるたび、ほかの兄弟との差を感じてしまう。

「あと進路調査票もな。明日までだからなー」

「あ、はい」

「よろしく」

そう言い残して、先生は教室から出ていった。

話が終わり、ふうとひとつ大きなため息をつく。

自分の下にはふたり、兄弟がいる。それなのに、本当に大学に進学しても経済的に大丈夫なのか、心底気がかりだった。

上の兄ふたりもすでに大学に進学しているし、うちの家計はどう回っているのか考えると恐ろしくなる。

兄たちはバイト代をいくらか入れてはいるみたいだけど、微々たるものだろう。

「痛っ……」

ズキズキと、頭の奥が痛む。

睡眠をしっかり取れなくなってから、日に日に頭痛の頻度が増している気がする。

その日私は、いつも以上に眠ることができなかった。

考えなければならないこと、考えないようにしたほうがいいこと、その両方がぐるぐると頭の中を駆け巡って……。

明日、弓弦の家に行こう。今の私に必要なのは気を紛らわすことだ。

そう決意して、朝が来るのをただただ目を閉じ待った。

○

「弓弦ー。カレー持ってきた」

翌日の夜、アポなしで夕飯を持って突撃すると、弓弦はグレーのパーカー姿でまた気だるそうにドアを開けてくれた。

そういや弓弦って高校行ってないのかな……？

あとでタイミングを見て聞いてみよう。

「おばさんにお礼言っといて」

「うん。でも甘いようちの」

「小さい子いるしな。家入んの？」

「上がろうかな」

そう言うと、弓弦はなんのリアクションもなく、「入れば」と中に招き入れてくれた。

今日も従兄弟はおらず、家の中はしんとしている。

けれど、どうしてかそこら中の部屋の電気がつけっぱなしだった。そういえば、この前来たときもそうだったかも。うちの家だったら母親に怒鳴りつけられている。

「電気ちゃんと消さないと怒られるんじゃない？」

「……だな」

忠告したけれど、弓弦はぼんやりとした返事をするだけだ。

そのままあとをついていくと、今日はリビングではなく弓弦の部屋らしき場所に案内された。

これが恋人だったらどきどきな展開なんだろうけど……。

「ここ、弓弦の部屋？」

「そう。家具もほとんど、文哉《ふみや》君のルームメイトが置いてったやつ」

「文哉君が従兄弟？　わりと仲いいの？」

「まあ、普通に」

〝普通に〟って返し方、うちの長男と次男も口癖《くちぐせ》だな。男子って基本話すことが面倒な人間なのかな。まあ、どうでもいいけど。

全体的に黒で統一された家具の部屋に、私は遠慮なく足を踏み入れる。

テレビの周りにはゲーム機が散らかっており、そういえば弓弦ともよくゲームをしていたことを思い出した。

ひとまずローテーブルのそばに置いてあったクッションの上に座り込むと、弓弦も隣に座った。

「どれ。楽しくて眠くなるアイテム用意されてるんだろうなー」

「偉そうなやついるな」

冗談交じりに言ったつもりだったけれど、弓弦は私の言葉を受けてひとつの箱をローテーブルの上に置いた。

「え……。なにこれ」

「プラネタリウム」

「え！　そんなん家で見れんの？」

少し年季の入った黒い箱には、たしかに『家庭用プラネタリウム』と銀色のゴシック体ででかでかと書かれていた。

まさか本当に、こんなアイテムを用意してくれているとは……。

「え……、わざわざ買ってくれたの？」

「いや、もともと持ってたんだ。子供の頃。なんとなく、こっちに引っ越すとき荷物に詰めた。でもじつはまだ開けたことない」

「ほんとだ。年季入って見えるけど未開封だ」

「やってみる？」

「うん」

弓弦の提案にこくんと頷くと、彼は黒い箱からシルバーの丸い機体を取り出した。

そして、じっと説明書を読み込んでからなにかを操作し、ローテーブルの端にあったリモコンで部屋の電気を消した。

急に部屋が真っ暗になり、愛花たちに『男女なのに……』と心配されたことが今さら頭をよぎる。

でも、別に緊張したりはしない。なにも見えなくても、隣にいるのが弓弦だと思うと安心感すらある。

「あ、ついた」

「わあ……！　え、すごくない？　普通に本格的じゃない？」

キュイーンと起動音が響いたあと、六畳ほどの洋室に、途端に星空が浮かび上がった。

黒い画用紙に銀のスプレーを吹きかけたような、細かな星の粒が煌《きら》めいている。

私も弓弦も、しばらく黙って天井を見上げた。

まるで、星空の中に浮かんでいるかのような気分だ。

予想以上に美しい世界を見ることができた私は、口元を手で覆って素直に感動してしまった。

「なんか、思ってたよりすごかったわ」

数分経《た》ってから、弓弦がぽつりと低い声でようやく感想を漏らした。

「いやほんとすごいよー。見せてくれてありがとう」

体育座りの状態で、ぺこっと頭を下げる。

弓弦はなにも言わずにただ無数に広がる星を眺めている。

「……やっぱり月は、地元そのものだな」

「なにそれ。どゆこと？　田舎臭いってこと？」

「いや……、なんか今、あー帰ってきたんだって思った」

弓弦が言いたいことを汲み取れず、私は首をかしげた。

どう反応を返したらいいのかわからず、眉間にしわを寄せながら弓弦の大人びた顔をただ見つめる。

昔の弓弦は、こんなに表情の変化が乏しい子ではなかったのに。

そんな風に思いながら顔を眺めているうちに、弓弦に確認したいことがあるのをふと思い出した。

「あのさー、ちょっと聞いていい？」

「うん」

「どうしてこっち戻ってきたの？　高校は行ってるの？」

私からのストレートな質問に対して、一瞬弓弦は呼吸を止めたように感じた。

でも無表情さは変わっていなくて、弓弦は星を眺めながらゆっくりと口を開いた。

「環境に馴染めなかった。高校は一旦休学中」

「……そっか」

あっさりと答えられたので、私もできるだけ感情を乗せすぎないようにあっさりと返した。

東京には観光でしか行ったことがないからよくわからないけど、都内の有名私立と、田舎の公立では、全然雰囲気が違うのだろう。

都会の高校でひとりなじめていない弓弦を想像すると、少し胸が痛む。

「ほんとに見えないよ。星。東京だと」

「え、そうなの？」

「ずっと街が明るいからな」

話しながら、弓弦の手がかすかに震えていることに気づいた。でも、表情は相変わらずのままだ。

どうしたんだろう。部屋が寒いわけではないし、もしかしたら昔話をさせてしまったせいで、嫌なことを思い出してしまったのだろうか。

心の中では動揺しながら、このまま気づかぬふりをしていいのか悩んでいると、弓弦がこっちに視線を向けた。

「月は、なんで眠れないんだっけ」

「えー、なんでだろ。いろいろ考えちゃうから？」

「いろいろ？」

私の言葉に、弓弦はわずかに首をかしげる。

なんて答えたらいいだろう。自分の気持ちを言語化するって思ったより難しいな……。

「なんか……、周りの人にとって、自分の存在価値ってどれほどかなー、みたいな？」

「病んでんじゃん」

「病んでないよ。やめてよ」

すぐに否定して返すも、弓弦はすでに私から星に視線を移していた。

私も同じように天井を見上げて、再び沈黙する。

そういえば弓弦は今の私を見て、どう思ったんだろう。

変わったと思ったのか、昔のままだと思ったのか……。

「ここに帰ろうって思ったとき、月の顔が一番に浮かんだ」

「え？」

突然の発言に、私は思わず間抜けな声を出してしまった。

けれど、弓弦はそんな私を真顔で見つめている。

「まあそれくらいには、俺にとっては価値あるよ」

再会して初めて、穏やかな笑みを浮かべる弓弦を見た。

昔の柔らかな雰囲気の弓弦の面影が、今の弓弦にゆっくりと重なっていく。

そうだった。弓弦はこんな風に、笑う子だった。

「私今……もしかして告白されてる？」

「されてないね」

「焦った。だよね」

真顔で即答する弓弦を見て、心底ほっとした表情でため息をつく。

けれど、胸の奥には形のない温かいものが流れ込んでいた。

誰かに一番に思い出される存在だったことが、こんなにも嬉しいなんて……。

家族にも友人にも、後回しにされているような日々が続いていたから、思わず少し泣きそうになってしまった。

「俺さ、最近他人の感情は宇宙だと思うことにしてんだよね」

「え、なに急に」

目が潤んでいることを、弓弦に悟られないようにしなくては……と思ったところで、急に素っ頓狂な話題をふられた。

でも、弓弦は至って真面目な顔をしている。

「宇宙って、未だに全体の五パーセントしか見えてないんだ」

「え、そうなの？」

「あとは全部正体不明。どれほど賢い人たちがお金と時間をかけても、まだ五パーセントだ」

久々に弓弦の口から宇宙の雑学を聞けたことに、私は少しワクワクしてしまった。

なにかを語るときの弓弦は昔から饒舌《じょうぜつ》で、見ていて面白《おもしろ》い。私は黙って聞き入ることにした。

「なんかそれ、人と同じだなって。どこまでお金と時間を積んでも、他人の感情は未知だし。わかった気になっても、じつはたった数パーセントだってこと。東京にいて、思ったな」

「……たしかにね、そっか」

「相手との関係を、想像で終わらせるか、踏み込むか、選択はいつもどっちかだ」

滔々《とうとう》と語る弓弦を見て、なんだかすごく大人になってしまったなと思った。

でも、その弓弦の考えは、なぜだか今の自分にすごく寄り添ってくれているようにも聞こえる。

弓弦の言う通り、人の感情など宇宙ほどわからないものなのかもしれない。

いったい弓弦は、東京でなにを経験して、傷ついて、悩んで、その考えにたどり着いたんだろう。

「俺いつも、月の名前呼ぶたびに、親に愛されてるんだなって思うよ」

「え？」

考え込んでいる私に向かって、弓弦はまた唐突な発言をした。

なぜ今私の名前の話に……？　存在価値が……とか、そんな話をしたから、もしかして励まそうとしてくれてる……？

「由来、聞いたことあるでしょ？」

「ちゃんとはないけど……あ、なんか満月の日に生まれたらしい」

「ちゃんと聞いたほうがいい。きっとほかに由来あるから」

「え、そうなの？　なに？」

「いや、俺から聞いても仕方ないだろ」

真顔でそう返されて、私は「冷たー」と言ってから口をとがらせた。

名前の由来なんて、そんなこと、考えたことも知ろうとしたこともなかったな。

小学生の頃、自分の名前の由来を調べる課題があったけど、母親はいつも忙しそうだったし、その場しのぎでテキトーに書いてしまった気がする。

弓弦は、不思議な人だ。言葉数は少ないくせに、どこかへ導いてくれる力がある。

その後、私たちはだらだら話したり沈黙したりしながら、夜の十時まで一緒に過ごした。

結局帰宅してもすぐに寝つくことはできなかったけれど、心は穏やかだった。

六畳の部屋に浮かぶ星を見て、私は久々に思い出した。

夜が静かで、温かで、美しい時間だということを。

○

他人をわかった気になっているのは、実は数パーセント。他人の心は宇宙ほど未知。

弓弦の言葉が、翌日まで心の中に残っていた。

私も今、もしかしたらほとんどなにも見えていないのかもしれない。

どうにか自分の周りの世界をもっとちゃんととらえたいと思ったけれど、実際どうしたらいいのかはわからなかった。

いつも通り寝不足の状態で起きて、ぼーっとダイニングチェアに座ると、母親が末っ子を片手に抱えながらいつも通り前の席に座った。

「月世、ちょっと急いで食べてね。もう食洗機回したいから」

「はーい」

母親を見て、昨夜弓弦に『名前の由来をちゃんと聞いたほうがいい』と言われたことを思い出す。

急いで食パンを口に頬張りながら、私は聞くタイミングを見計らっていた。

「あのさ、お母さん……」

「なに？　あっ、ちょっと大志、体操服持ってったー？」

忙しそうに早口で『なに？』と聞かれてしまい、なんだか心が折れてしまった。

たったそんなことで、大げさかもしれないけど。

バタバタと弟のもとに駆け寄って荷物を手渡す母親を見ていたら、自分はこのまま、由来を聞けずに大人になってしまうんじゃないかと思った。

「まあ、いーや」

どうでも、という言葉は胸の中に置いて、私は味気ないパンを無意識のうちに完食していた。

◯

どうしよう。今日はいつにもまして、激しく頭痛がする。

どう考えても連日の不眠が原因だ。

電車で立っているときもかなり限界だったけれど、どうにか学校までたどり着くことができた。

ふらふらした足取りで教室に向かっていると、今度は激しいめまいに襲われて、私は廊下の途中で立ち止まった。

窓枠に手をついてめまいが終わるのを待っていると、後ろからポンと誰かに背中を叩かれる。

「月世？　どうしたの大丈夫？」

「あ、瑠美……」

「なんか顔色悪くない？」

振り返るとそこには、驚いた様子の瑠美がいた。今日もぬいぐるみがたくさんついた派手なリュックを背負っている。

私はなんとか笑顔を取り繕って、「大丈夫。ちょっと寝不足で」と返した。

「愛花もなんか今日寝坊で遅刻するってー。さっき連絡来た」

「あ、そうなんだ……」

そうか。瑠美にだけは連絡が来たんだ。今までは、遅刻の連絡も三人のトークルームに流れていたのに……。

ズキズキッと、そこでまた頭が激しく痛んだ。

思い切り顔に出てしまっていたのか、私の気持ちを察した瑠美が慌てて、「あ、違うよ」と返した。

「えっと、昨夜ちょうど、グループで流すようなことじゃない話を愛花としてて、で、その流れで私にメッセージ来ただけ。多分一番上にトーク画面があったからじゃないかな」

「そうだったんだね」

あのマイペースな瑠美に、こんなにも気を遣ったフォローをさせてしまったことが申し訳ない。

きっと〝仲間外れにされている〟という感情が、露骨に顔に出てしまっていたんだろう。

よくない。早くこの会話の流れを終えて、何事もないように流さなくては。

瑠美も今、気まずい思いをしているはずだ。

「愛花、先週も寝坊してたもんね。漫画読みすぎて」

「そうそう。レンタルしてたやつだから、延滞料金払いたくないとか言って徹夜してたよねぇ」

「あはは、学ばないね」

よし、いい感じに話題がそれた。これで、気まずい空気もなくなっただろう。

よかった。これで大丈夫──。

しかし、無理やり笑顔を張り付けたところで、弓弦のある言葉が再び頭の中に浮かんできた。

『相手との関係を、想像で終わらせるか、踏み込むか、選択はいつもどっちかだ』

私はまたここで、他人の感情を勝手に想像して、自分の感情を抑え込んで、いいのだろうか。

本当は今、なにを知りたいと思っている？

自分がここにいてもいいのか。

本当にふたりの邪魔をしていないのか。

私がいないほうが、ふたりは楽しく過ごせるんじゃないか。

知りたいけど、怖くてずっと流してきた。

そうだ。宇宙に身を投げ出すくらいの気持ちでぶつからないと、私はきっと、また眠れない夜を過ごすことになるだろう。

怖い。でも私は、まだふたりと仲良くしていたい。

ふたりのことが好きだから、想像で終わらせたくない。

知らぬ間に瞳から、ぽろっと涙がこぼれ落ちてしまった。

瑠美はぎょっとした様子で、もともと大きな目をより見開く。

「え！　ど、どうしたの月世」

相手を知りたいのなら、自分の感情を素直に伝えることが先のはず。

私は、勇気を振り絞って瑠美の顔を正面から見つめた。

「あのさ、私、たまにふたりの話に入っていけないときがあって……」

「え……」

「でも、それはいいの。ふたりが話したいことを話してほしいし、私が入ったせいでそれを止めたくないから」

瑠美は神妙な面持ちで、黙って私の話に頷いてくれている。

「でもたまに、私ここにいていいのかなって、悲しくなってくることがある」

「月世……」

どうしよう。声が震える。もっとちゃんと、伝えなきゃいけないのに。

「どうしたらいいのかな……。ごめん、こんなわけわからないこと……」

「ううん」

「単純に、さ、寂しくて……私……」

言ってしまった。ついに。心臓がどきどきして変な汗をかいてきた。

いつも昔の話を振るのは瑠美だった。だから、瑠美はもしかしたら愛花とふたりで仲がよかった頃に戻りたいんじゃないかと思っていた。

どうしよう。面倒くさいと思われたかもしれない。流れる沈黙に耐えきれなくなり、吐きそうになってきた。

瑠美が今どう思っているのかわからなくて、すごく怖い。

もしかしたら、うんざりしているかも――。

「ああーっ、またやっちゃってたのか私、本当ごめん！」

「……え？」

「ごめんねぇ、本当に！」

しかし、瑠美は私の不安を吹き飛ばすように、目の前でパンッと両手を合わせて、申し訳なさそうに眉を下げた。

まるで、叱られて反省した犬のように、すっかり元気を失っている。

「私、本当にそういう空気読めないところあって。単純に、自分が今話したいことをただ話してるだけなの！　本当に深い意味はないの！　信じてほしい」

「そうなの……？」

「傷つけてごめん。そんなふうに思ってるなんて、思わなかった！」

私の手を両手で掴んで、ぶんぶんと振りながら必死に謝る瑠美を見て、私は予想外の出来事に固まってしまっていた。

瑠美は私のことを面倒くさがるどころか、ものすごい勢いで反省を始めたのだ。

信じてほしい、と言う瑠美の瞳は真剣で、私を気遣ってフォローの言葉を並べているようには見えない。

本当に……？　それだけの理由だったの……？

少し遅れて瑠美の言葉ひとつひとつが胸に沁《し》み込んできて、今度は安堵《あんど》の涙があふれそうになった。

「え！　なにしてんのふたりとも。喧嘩《けんか》!?」

するとそこに、遅刻ギリギリでやってきた愛花が、驚いた様子で私たちに駆け寄ってきた。

瑠美はますます小さくなって、申し訳なさそうに頭をかいている。

「いや、私のデリカシーのなさっていうか、空気の読めなさ?がまた炸裂してたみたいで……」

「はー? それで月世泣かしたの、あんた」

「なんか月世に孤独感じさせてたんだって、どうしようー!」

愛花はバシッと瑠美の肩を叩いた。

それから、私のほうを振り返って、「どうしたの?」と優しく聞いてくれた。

「いや、えっと……、なんていうか勘違いで! 私があとからふたりの仲に入れてもらったから、会話の邪魔してないかなって……」

「ええ? むしろ邪魔してんのいつも瑠美じゃん。会話を遮って話したいことだけ話しまくって。だから昨日の夜個人メッセージで注意したのに」

「ごめん。ほんとーに私の母親の遺伝なの、これ」

「家族のせいにすんな!」

またぽかっと瑠美の肩を叩く愛花を見て、今度は笑いが込み上げてきた。

本当だ。飛び込んでみないと、なにもわからない。

勝手に相手の気持ちを想像して決めつけていたのは、私だ。

宇宙に飛び込むつもりで勇気を出さないと、知ることはできなかった世界だ。

「ふたりとも、ごめんねぇ……」

か細い声で謝ると、愛花と瑠美はみるみる眉を下げた。

「なんで月世が謝るのぉ」

「そうだよ。全部瑠美が悪いんだから」

「そうだよぉ、ごめんねぇ」

愛花と瑠美に慰められて、私たちは廊下の隅で三人で抱き合った。

傍から見たら異様な光景だと思うけど、私たちの仲は確実に深まっていた。

想像で終わらせなくてよかった。大切なふたりとの友情を。

優しい体温に包まれながら、弓弦のおかげだ、と、私は心の中で感謝した。

あのあと結局、私は体調不良をふたりに心配されて、そのまま早退することになった。

十時頃に帰宅すると、リビングからカタカタとタイピングの音が聞こえてくる。

リモートワーク中の母親には、事前に早退することをメッセージで送っていた。

「あら月世。大丈夫？　めまいだって？」

椅子に座ったまま、仕事用の眼鏡を外して母親が声をかけてきた。

私も荷物を置きに一度リビングに入る。

「うん。大丈夫。ただの寝不足だから、ちょっと寝てくる」

寝不足が理由で早退なんて、毎日寝不足で働き詰めの母親にとっては甘えた話に聞こえるだろうな。

そう思っていたけれど、母親はなぜか慌てた様子でキッチンに向かった。

「待って待って。これ飲んできな」

「え？」

「さっき作っておいたの」

渡されたのは、ホットミルクだった。

「ちょっと生姜《しょうが》と蜂蜜《はちみつ》入ってるよ。ポカポカして、睡眠にいいんだって。調べたら出てきた」

「あ、ありがと……」

調べたら……ってことは、不眠症について母親はちゃんと心配してくれていたのか。

驚きつつ、水色のマグカップを受け取る。

「明日、病院行く？　あんまりつらいなら、一旦お薬で治していくのも、アリだと私は思うよ」

ない。

「いつでも有休使って時間取るからさ」

そう言って、母親はポンと私の肩を叩いた。

もしかしたら、母親は母親なりにちゃんと自分のことを見てくれていたのかもしれない。

「お母さん……」

肩に触れた手から優しさを感じ取って、ぽつりとそんなことを思った。

もう高校生になった自分のことなど、忙しさに流されて心配などしていないと思っていたから、ふいの優しさが胸に沁み込んでしまった。

マグカップ越しに、ミルクの温かさがじんわりと両手のひらに広がっていく。

「なにか相談したいことあるんじゃないの？」

心配そうに聞かれ、そこでふと、私は今朝聞けなかったことを思い出した。

弓弦に、ちゃんと聞いたほうがいいと言われていたことだ。

「あのさ……お母さん。私の名前の由来ってなんだっけ？」

「ええ？　なにを今さら」

「だよね。なんか気になって」

予想外の質問に、母親はわかりやすく驚いていた。

でも、今じゃなければずっと聞けないかもしれないと思ったのだ。

「言ってなかったっけ？　ほら、可愛がっているもののたとえで、月よ星よーって言うでしょ？　それよ」

「え、そうだったの？　満月だったからじゃ……」

初めて聞いた名前の由来に、今度は私が思い切り驚く。

まさか、そんな表現が名前の由来だったなんて……。完全に初耳だった。

「ああ、満月だったのも由来のひとつだけどね。でもなにより、みんなのアイドルだったから、月世は。目もまん丸で大きくて……、パパなんて本気で赤ちゃんモデルに応募しようとしてかたらね」

「え……。初耳なんだけど」

母親は立ったまま頬に手を添えて、昔を懐かしむような表情をしている。

「だってずっと女の子が欲しかったんだもの。亡くなったおじいちゃんおばあちゃんからも、待望の女の子で、まさに月よ星よーって感じで可愛がられていたの覚えてない？」

「全然……覚えてない」

「まー、そんなもんなのねぇ。パパも明らかにメロメロだったんだから。私も女の子の服が買えることが嬉しくって、ブランド服買い込んじゃってさー。写真の枚数だって一番多いんじゃない？」

「そ、そうなの……？」

呆れたような顔の母親を見て、私はどう反応したらいいのかわからないでいる。

本当に自分は、自分の周囲の世界の、ほんの一部もわかっていなかったんだな。

弓弦はこのことを知っていて、名前の由来を聞いたほうがいいって言ったんだろう。

誰だって、自分の存在価値など、自分で決められるものではないのだ。

誰かからちゃんと思われているということに、自分の視点ではなかなか気づけないけれど。

「まあ、まずはそれ飲んでゆっくり休んで。目閉じてるだけでも」

「うん……。ありがと、お母さん」

「あ！　あと面談の日程、先生と電話入れ違っちゃってさ。謝っておいて」

「あ……、そうだったんだ。わかった」

面談のこと、忘れたわけではなかったんだ。事情を知り、どこか安心しながら自室に向かった。

その日私は、かなり久々にぐっすり眠ることができた。

そして、安心感に包まれながら、なぜか幼いときの弓弦と一緒に、芝生に寝転んで星を眺める夢を見た。

宇宙は果てしなく広がっているんだということを、夢の中の弓弦が、昔よく見たふにゃふにゃの笑顔で教えてくれたんだ。

◯

翌日の午後。休日で差し入れもなにもなかったけれど、私は弓弦に会いに行こうと十五時頃にチャイムを鳴らした。

そういえば、明るい時間に来るのは初めてだな。アポなしだけれど、いつも引きこもっていると言っていたから、どうせ部屋にいるだろう。

昨日までに起こったことを、早く弓弦に聞いてほしかった。

「あれ……？」

しかし、チャイムを押しても弓弦は出てこない。痺れを切らし、もう一度チャイムを押してみる。

「はい、どちらさまですか」

すると、ようやく出てきたのは、目鼻立ちのはっきりとした、短髪で口髭のある三十代くらいの男性だった。

一瞬フリーズしたけれど、私はすぐに彼が誰なのかピンときた。

「あ、弓弦の従兄弟のお兄さん……？」

「あー、弓弦の友達？　友達とかいたんだ」

たしか、文哉君……と言っていたような気がする。

私はすぐにぺこっと頭を下げて挨拶をした。

「玉野って言います。たまに遊びに来てて、文哉さんの家なのにすみません……」

「大丈夫。弓弦から話は聞いてるから。幼馴染なんでしょ？」

文哉さんはそう言って、あくびをしながらチラッと私のことを見た。

どことなく、気だるそうな雰囲気が今の弓弦と似ている気がする。

「あーそっか。君と話したくて、弓弦の睡眠時間変わったのか」

「え？」

ぽろっと言い放たれたひと言に、私はきょとんと表情を固まらせた。

睡眠時間が変わった……？　どういうこと？

なんのことかわからず、私はただ文哉さんの言葉を待った。

「ほらあいつ、暗くなってくるとパニック発作起こすでしょ？　だから、今までは暗くなる前に寝てたんだよ。で、朝方に起きるっていうリズムで……。あれ、知ってるよね？」

「い、いえ……。全部、初耳です」

「え」

文哉さんは、思い切り「やべ」という顔をしたけれど、私は固まったままだった。

夜にパニック発作……？

そんなこと、全然知らなかった。

だって弓弦は、ショートスリーパーで夜が暇だから付き合ってよって言ったんだ。

あれは嘘《うそ》だったの……？　どうして？

もしかして、私が夜眠れないと言ったから、わざわざ起きて付き合ってくれていたの？

いや、そんなわけない。そんなことしたって、弓弦にはなんのメリットもないわけだし……。

そういえば、プラネタリウムを一緒に見ているとき、弓弦の手がカタカタと震えていた。

昔のことを思い出したせいかと思っていたけれど、そうじゃなかったの？

夜自体が、弓弦にとって恐ろしいものだったの？

「昨日も部屋の電気全部点けて起きてたみたいだから、今まだ寝てるよ。君のこと、待ってたのかも」

部屋の電気は、たしかにいつ行っても眩《まぶ》しいくらいつけっぱなしだった。

そうか、それは、夜を恐れていたからだったんだ。

「あの……。私、起きるまで待っていてもいいですか」

「いいけど、俺今から出かけるよ？　休みだし」

「はい。問題ないなら、部屋で待たせてください」

「まあ、それならどうぞ」

頭を下げ、文哉さんと入れ替わる形で、私は部屋の中に上がらせてもらった。

ゆっくりと廊下に足を踏み入れ、突き当たりにある弓弦の部屋のドアを開ける。

カーテンが開けっ放しの窓からは、午後の柔らかな日差しが差し込んでいる。

弓弦は、紺色のベッドの上で、戦いに疲れたかのように眠っていた。

「弓弦……なんで嘘ついたの？」

ベッドのそばに座り込んで、弓弦の寝顔を見ながらつぶやいた。

長いまつ毛に、真っ黒な髪の毛。唇は少し薄めで、しっかり閉じられている。寝ているると少し幼く見えることが不思議だ。小学生の頃の可愛い弓弦が見え隠れしている。

こんなに人の寝顔をじっと見つめることなんて、初めてだな。

「……ん、え？」

寝返りを打った直後、なんの前触れもなく弓弦がパチッと瞼を開けた。

私は、目を丸くして固まっている弓弦に向かって、「よ」と片手を上げる。

「なんでいんの」

「従兄弟のお兄さんが入れてくれた」

「いや、待ってどういうこと……」

弓弦は顔の上に腕をのせて、思い切りだるそうな低い声を出した。そりゃそうだ。起きたら幼馴染に寝顔を見られているなんて、私だって恥ずかしくて嫌だ。

申し訳ないと思いつつも、私はそのまま弓弦から視線を逸らさなかった。

「ねぇ、弓弦も本当は夜が怖いの？」

早々に、一番に聞きたかったことを問いかけると、弓弦は顔を隠したまま固まった。逃げたくない。想像で終わらせたくない。弓弦との関係も。

踏み込まれることを弓弦は嫌がりそうだとわかっていたけれど、勇気を振り絞った。

「夜に発作が起きること、文哉さんから聞いた。どうして隠してたの？　なにが弓弦を苦しめてるの？」

まっすぐな問いに、弓弦は少しずつ腕をずらして、顔を見せてくれた。

そして、諦めたような、悟ったような、そんな瞳を私に向ける。

しばらく見つめ合ったまま、沈黙が流れたけれど、わずかに弓弦の唇が開いた。

「親が……、東京でマンション買ったんだ」

「うん」

本音を聞き逃さないように、静かに、集中して、耳を傾ける。

「父親は東京本社に転勤、母親は転職までして。で、なんかそこから、徐々にダメんなった。自分の進路で引っ越して、さらに仕事変えて家買われんの、なんかしんどかった。世間的には、かなり恵まれてるんだろうけど」

「そっか……」

ひとつひとつ、ひとりごとのように言葉を並べる弓弦は、ものすごく達観しているように見えた。

弓弦の言葉を邪魔しないように、最低限の相槌《あいづち》を打つことに徹する。

「夜中に父親と母親がよく喧嘩するようになって、父親家出てったんだよ。深夜に」

「え……、お父さんが？」

「しばらく音信不通になって、ホテルで生活してることがわかった。そこから今も両親は別居中」

壮絶な過去に、さすがに言葉を失ってしまった。

弓弦のご両親には何度も会ったことがあるので、その分ショックも大きい。

あのときは、普通に仲睦《なかむつ》まじそうだったのに……。

そうか、夜になると、いつも悪いことが起きていたんだ。弓弦にとって。

「なんか、学校の雰囲気もこっちと全然違って、ずっと居心地が悪かった。表で言ってることと裏で言ってることが違うやつがたくさんいて、面倒だった。それで人との交流を避けてたら、だんだん飯の味がしなくなって、明日のことを考えたら眠れなくなって、震えが止まらなくなったり、呼吸がしづらくなる発作が起きるようになってた。しかも、夜だけ」

「そうだったんだ……」

「だから、夜が来る前に寝ちゃえばいいと思った。そしたら、今度は塾に行く時間もなくなって、午後の授業中は睡魔に襲われて、あっという間についていけなくなった。そこからは全部悪いほうに転がって……、母親の勧めもあって、一度帰ってきた。そんな感じ」

「わかった。話してくれてありがとう」

全て聞き終えた私は、弓弦のことをまっすぐ見つめながら、そう口にした。

弓弦はゆっくりベッドから起き上がると、私と同じようにローテーブル前の床に座り込む。

同じ目線の高さになった私たちの間に、重たい空気が流れている。

同じような経験をしたことがないから、なにも言葉が思い浮かばない。

それなのに、私は、ただ知りたいと思っている。

弓弦がなにを感じて、なにを恐れて生きているのかを。

知ったところで解決できるわけでもないのに、なんて無責任な考えなんだろうと思う。それでも、私は弓弦が見ている世界を、知りたかった。

「ねぇ、カーテン閉めていい？」

「は？」

長い沈黙のあと、あることを思いついた私は、弓弦の返事も待たずに遮光カーテンを閉めた。

それから、ローテーブルの下に置きっぱなしのプラネタリウムを取り出して、机の上にドンと置く。

薄暗くてよく見えないけれど、指でスイッチを探してオンにして、星を天井に映し出した。

まだ昼間なのに見事に浮かび上がった星たちを、弓弦と一緒に見上げる。やっぱり、ため息が出るほど綺麗だ。

「ねぇ、弓弦。なんで夜が怖いのに、夜更かしに付き合ってくれたの？」

「あー」

私の問いかけに、弓弦は短く低い声を出した。

「別に、月のためとかじゃないから」

「うん」

「月のことを救って、自分も救われたいと思ったんだ。自分のためだ」

抑揚のない声でつぶやく弓弦に、「そっか」とできるだけ平坦に返す。

「なんとなく、月となら克服できるかもって思ったのかもな」

「え、なんで？」

「昔っから月は、遠慮がないから」

「……それ関係ある？」

思い切りいぶかしげな表情で聞き返すも、弓弦は「ある」と答えるだけだった。

たしかに、弓弦に対して気を遣ったりした記憶は一切ないどころか、ずっと振り回していた気がするけど……。

もとからあったものとはいえ、今回プラネタリウムを用意させたのだって、私の無茶振りだし。

「遠慮がないって、俺にとっては楽だ。言葉をそのまま受け取っていいんだから」

「ふぅん。そういうもん？」

弓弦の手が、かすかに震えていることに気づいた。日が暮れ始めているからなのか、カーテンで遮光してしまったからなのかはわからない。

私はなんとなく、そんな弓弦の手をぎゅっと上から重ねるように握りしめた。

「なんだよ」

予想通り、少し怒ったようなぶっきらぼうな言葉を発する弓弦。でも私は、手を離さなかった。

「私、昔と同じように、弓弦のことが好きだよ。人としてね。会ってなかった分、忘れてたけど」

再会したときは、昔の弓弦と違うことに驚いた。

だけど、過ごしていくうちに、弓弦は弓弦のままだと思えた。

なんだかんだ優しかったり、面倒なことに付き合ってくれたり。

弓弦は東京に行ってから、たくさんつらいことがあったみたいだけど、それでも不眠症の私を救おうとしてくれたのだ。

自分のためでも、どんな理由でも、それは優しさだ。

「弓弦、この前〝相手との関係を想像で終わらせるか、踏み込むか、選択はいつもどっちかだ〟って、言ってたでしょ」

「……言ったな。そんなこと」

「踏み込みたいと思った、弓弦に。だから、起きるまで待ってた」

まっすぐにそう伝えると、弓弦はなんとも言えない表情をした。

泣きそうなような、動揺したような、複雑な感情がポーカーフェイスの奥に滲み出ている。

「なに、告白？」

ついた。

「違うよね」

動揺を隠すように、らしくない冗談を言う弓弦を、ひと言で片づける。

私はどうにか弓弦の睡眠の助けになることをできないかと考えて、あることを思いついた。

「いいこと思いついた。夜が怖くなくなる方法」

「はあ……」

「夜が来るんじゃなくて、自分が真っ暗な宇宙に行くことをイメージしたら、眠れるかも。来るんじゃなくて、自分が飛び込むの」

「なんだそれ」

「ほら目閉じて、広大な宇宙をイメージして！」

弓弦のほうに体を向けた私は、両手で弓弦の目を隠した。

弓弦は心底呆れた反応で、「いや無理だろ」とつぶやいている。

瞼をふさいだまま、私は本来ここにやってきた理由を思い出していた。

「ねぇ、弓弦のおかげで、自分が見えてないことを知ることができたよ。ありがとう」

「は？」

「弓弦のおかげで、少し夜が怖くなくなった」

素直にお礼を伝えると、弓弦は私の手に手を重ねて、ゆっくりと外した。

手を外して見つめ合うと、思ったより顔が近くて驚いた。けれど、弓弦は視線を逸らさなかったので、私もそのまま見つめた。

「俺、なんもしてなくない？」

「宇宙の話してくれた」

「え、それで？」

弓弦と再会しなければ、友達や母親の本音を知る勇気を持てなかった。

弓弦が一緒に夜を過ごしてくれなければ、私はずっと眠れぬ夜を過ごしていた。

だから今度は、私が弓弦の助けになりたい。

本当に、心からそう思っている。

夜が来る。でも必ず、いつか明ける。

形のない不安に襲われるたびに、そう強く思いたい。思えるようになりたい。弓弦と一緒に。

「私、弓弦のこと、何パーセントわかってる？」

唐突な私の問いかけに、弓弦はふっと笑った。

「三パーセントくらいじゃない」

「え、それだけ？　保育園から一緒なのに」

拗《す》ねたように口をとがらせると、弓弦は長いまつ毛をゆっくりと伏せた。

「いいんだよ。わからなくて。わからないほうが、一緒にいたくなるし」

なるほど……と、返す前に、私は弓弦の言葉の意味を探った。

一緒にいたくなる、という言葉がどうしても引っかかる。

「……ねぇ、やっぱり弓弦こそ、私のこと好きだよね？」

疑問に思い、いぶかしげに問いかけると、弓弦は星を見上げてなにかを考えるそぶりをする。

今までと同じノリですぐに否定されると思っていたのに、絶妙な沈黙が流れる。

「なんか、本当にそんな気もしてきたな。どう思う？」

「えっ、どう思うって、知らないよ……」

仰天する私を見て、弓弦は暗闇でもはっきりわかるくらい、肩を揺らしておかしそうに笑っていた。

そうだった。弓弦はこんな風に、冗談なのか本気なのかわからないことをたまに言う人だった。

「変な人ぉ……」

思い切り、じとっとした目つきでつぶやく。

「月もな」

「え、私は変じゃないよ」

「昔から変だろ。無茶振りえぐいし」

くだらない押し問答をしているうちに、いつのまにか夜が近づいていた。

夕日が沈む。月が照らす。星は輝く。毎日毎日変わらず、夜は訪れる。そして、明けていく。

私たちは、長い夜のあとに光が差し込むことを信じるために、周りの人から優しさをもらっている。

六畳の部屋に浮かぶ、無数に広がる星空を見上げた。

砂のように細かいひとつひとつの煌めきが、瞳の奥に優しく沁み込んでいく。

大丈夫。きっといつか、大丈夫になる。

弓弦から見える世界が、少しでも早く優しいものになってほしい。

隣でそう願うことしかできないけれど、星を見ながら、本気でそう思った。

「月は、今日は眠れそう？」

弓弦の問いかけが、なぜか遠くで聞こえる。

星を見ているうちに、いつのまにか瞼が重たくなっていたのだ。

こんな安心感に包まれたのは、いつぶりだろう。

私は睡魔に抗うことができずに、頭を弓弦の肩に預けた。

「ふ、こんな寝顔だったな」

夢の中に入る直前、そんな言葉が聞こえたような気がした。
弓弦の頭の重さを上から感じながら、私たちは、長い夜の世界に飛び込んだ。

終

僕たちが朝を迎えるために　川奈あさ

朝が来てほしくない。そんなことを思っていたら本当に朝が来なくなってしまった。私は夜に溶けたまま、昼を生きることができない。

「明日は終業式か」

スマホの画面を開くと『7/19　3:40』という日付と時間が目に入る。みんなは明日から夏休みに入るのか。だとしても今の私には関係ないことだ。小さなあくびをこぼしてからベッドに入ると、タオルケットをすっぽりと被った。

夜明け前、それは私が眠りにつく時間。おやすみなさい、小さく言い訳のようにつぶやくと私は目を閉じた。

梅雨が明けて、本格的に夏が訪れた七月の初めのこと。私は朝、目覚めることができなくなった。本当に突然なんの前触れもなく。

――その日、目覚めたのは夕方、十七時だった。

起きていつものようにスマホを開くと『5:15』と映し出されていたから、てっきり朝の五時だと思った。少し早いけど二度寝はできそうにない。ぼんやりとパジャマのまま階段を下りてリビングに向かうと、お母さんと目が合った。

「あれ、栞《しおり》。どうしたの、体調悪い？」

お母さんはパジャマ姿の私を見やるとエコバッグから食材を取り出していく。

「え……」

スーパーで買ってきた食材を冷蔵庫にしまうお母さんは、どう見ても出勤前ではなく帰ってきたばかりの姿で。私は今が朝ではなく夕方なのだと知った。

目覚めはよいほうで寝坊も遅刻もしたことがない。無遅刻無欠席皆勤賞が取り柄な私だから、今日は起きられないほどに体調が悪かったのだと判断した。

――だけど、その日を境に私は朝起きることができなくなった。

両親や弟に協力してもらっても。どれだけ揺り動かされようと、まるでおとぎ話の眠り姫のように目覚めることができなくなった。夕方になるとするりと目が覚めて、朝の四時前に眠りに落ちる。見かねた両親と共に病院で診てもらったところ、〝昼夜逆転症候群〟だと診断された。数年前に発見されたばかりの稀《まれ》に起こる原因不明の謎の症状で、起床・就寝時間に個人差はあるが、日中のほとんどを起きていられない場合に昼夜逆転症候群と診断される。

症状は日中起きていられないだけで、夜はなんの問題もなく活動できる。朝起きられないこと以外に病的な症状はない。精神的なことが要因では?と言われているが原因不明、治癒方法も不明だ。ある日突然治ることもあれば、この症状を受け入れて夜勤の仕事に就いたり夜間の学校に通う人もいる。珍しい症状ではあるけど、担当医が受け持つだけでも数十名はいるとのことだった。

私の場合、残り十日ほどで夏休みに入るタイミングだったから、ひとまず学校は休み、今後については夏休み中に様子を見ながら考えることになった。

両親は将来を心配してかなり参っていたけれど。実は私はひどく安心していた。

今後のことを考えれば不安にはなる。でもそれよりも明日学校に行きたくない。

一年後の未来ではなくて、将来の私ではなくて、明日学校に行かなくていい。ただそのことに安堵《あんど》していた。

——学校に行きたくない、明日なんて来なかったらいいのに。そう強く願ったのは私だったのだから。

「棚上《たなかみ》栞さんですね、ようこそ」

山田《やまだ》と名乗る中年女性がにこやかに笑顔を向けてくれた。『棚上栞』と名前が書かれたネームプレートを受け取り首から下げる。

地域の行事や習い事の発表などで訪れたことはある市民ホールの会議室。そこに真夜中ルームはあった。

この真夜中ルームは病院で案内された。市内にも昼夜逆転症候群の人は数十名いて、その人たちのために毎日開放されているらしい。

昼夜逆転で困ることは、行く場所がないことだ。昼夜逆転を割り切って夜間の仕事に就いたり学校に通っている人はいい。だけどそうでない人には真夜中に居場所はない。夜に外を出歩くのは危険もついてくる。家で過ごすにしても、家族が寝ている中で明かりを点けたり、物音をたてることも憚《はばか》られる。そんな人に真夜中の居場所を提供しているのがこの真夜中ルームだ。二十時から六時まで開いていて登録さえすれば好きに利用ができる。

昼夜逆転症候群と診断されてから二週間が経《た》ち、両親に勧められてここに来た。

「突然診断されて驚いたでしょう。私もね、昼夜逆転症候群なの。もう三年目のベテランだから困ったことがあればなんでも言ってね」

「ありがとうございます」

山田さんのふっくらした頬にえくぼがへこむ。彼女も昼夜逆転を受け入れたひとりで、今は真夜中ルームのスタッフをしているらしい。山田さんはふたつの部屋を案内してくれた。

ひとつめの部屋は教室ほどの大きさで、長机が二列に五つ並んでいる。前から二番目の長机では三十代ほどの男性がパソコンを開きカタカタと打っていて、一番後ろの席では私より若い中学生くらいの男の子がノートを開いている。

「ここは作業スペース。静かに過ごしたいときはここで」

ふたりの邪魔にならないようにすぐ扉を閉めると、もうひとつの部屋を山田さんが案内してくれる。そこは小規模な発表会にも使われそうなホールだった。部屋の真ん中に大きなカーペットが敷いてあり、その上に寝転がれるようなクッションがいくつも置いてある。そこに数名の男女が座ってお菓子を広げて話をしていた。

部屋の端にはいろいろなものがある。先ほどの会議室と同じく長机もあって、そこで読書をしている人もいれば、テレビとゲーム機もある。ランニングマシーンもあれば、音楽をかけて踊っている人もいる。中学生くらいから中年まで年齢幅は広く、なかなか自由な部屋のようだ。

「ここはコミュニティルーム。好きに過ごしてくれていいわ。音も出していいし、軽い運動をしてくれてもいい」

……思い思い過ごしているのだとは思う。でもなんだかうまく言えないけど、大きな圧を感じる。

「よかったらみんなとお茶しない？　お菓子もたくさんあるから。ここのメンバーを紹介するよ」

「ええと……」

「最初からは緊張するかな？　慣れてからでもいいよ」

「……すみません。今日は作業スペースで宿題やってもいいですか」

小さな声で返事をすると、彼女は笑顔を作ってくれる。

「もちろん。ゆっくり自分のペースでいいよ」

「ありがとうございます」

優しさから逃れるようにお辞儀だけして、コミュニティルームから出ると作業スペースに向かった。

部屋を開けると先ほどのふたりがちらりと私を見た。ふたりはすぐに興味を失ったようで自分の作業に戻るから、ほっとする。

私は空いている席に座るとカバンからノートを取り出した。

やっぱり人と関わるのは緊張する。なにを話せばいいのか正解がわからなくなった。

学校から逃げ出しても、結局別の場所に来てもこうだ。

私はうつむいてノートにペンを走らせた。宿題なんてやっても意味はあるのだろうか。学校に戻れる保証もないというのに。

学校に行きたくない。そう思ったのはいつからだろうか。

大きな事件があったわけではない。

だけど朝ご飯のパンがお餅のように粘ついてなかなか飲み込めなくなった。

袖を通した制服も、カバンも、合金のように重い。

ローファーが玄関に張り付いてしまったのではないかと錯覚する。

すべてのものが私の身体を引き止めていく。

電車が今日動かなければいいのに。

初夏だけど大雪が降って家から出られなければいいのに。

そんな小さな呪いのような願いが、朝私を締め付けていく。

学校に行ってしまえば友達はいる。四人グループのひとりとしてなんとかやっているはずだった。

勉強が嫌いなわけじゃない。むしろ楽しいと思うときもある。

だけどなぜかすごく疲れる。どうしようもなく疲れる。

大げさに笑ったあとに、なにが楽しかったの?と冷静に自分自身に問いかけている私がいる。

ある朝、お腹がきゅうと痛くなって私は『学校、休みたいな』と小さな声で言った。

『ズル休みしてどうするの』

お母さんも軽く笑った。私の『休みたい』はふざけて聞こえたみたいだ。私よりも早く家を出るお母さんは朝の支度で忙しそうで、

『あはは、だよねえ』と笑い返すしかなかった。

私のお腹はまたきゅっと痛んだけど、歯を食いしばって笑顔に変えた。お腹、本当

に痛いんだよ、と言いかけた言葉をしまい込んで。

最近の私の一日はだいたい十六時に始まる。四時前に眠りにつき十六時まで寝てしまうのは、今まででは考えられないほどの長時間睡眠だ。

スマホを開いても誰からもメッセージは来ていない。休み始めたばかりや夏休みに入ってすぐはグループラインで『元気？』だとか『遊べる？』だとか連絡は来ていたけれど、体調不良でしばらく遊べないことを伝えたら徐々に連絡はなくなった。結局私がいなくても世界はなんにも変わらない。諦めに近い感情がうっすらと私を支配した。

十六時はまだ昼のように明るい。活動するのならこの明るい夕方のうちにとは思うけど、散歩すらする気になれず、なんとなくゴロゴロと過ごしてしまう。

そうしているうちに食事の時間が訪れる。食卓の上に並んでいるのは麻婆豆腐《マーボーどうふ》、冷凍のギョーザ、春雨サラダ。今夜は中華らしい。

十九時。家族にとっての夕食、私にとっての朝ご飯。お父さんの帰宅は遅いから、いつもお母さんと弟と三人での食卓を囲む。

朝ご飯に中華は少し重いけど、仕事を終えて作ってくれたお母さんにそれは言えない。自分だけ朝食を準備するのも気を遣わせそうで、私は黙ってピリッと辛い麻婆豆腐を胃の中に押し込んだ。

「姉ちゃんあんま食欲ないの？　餃子もらっていい？」

「いいよ」

育ち盛りの弟に合わせた食事になるのは仕方ないことだ。食欲のない私は弟の皿にいろんなものを移動させた。

「今日は真夜中ルーム行く？」

お母さんは当たり前のようにそう言った。学校に行くのは当たり前、それと同じ雰囲気で。

「今日はやめておこうかな」

初めて真夜中ルームに行ってから私は一度も行けていない。それから一週間が経っていた。

お母さんはなにか言いたげに口を開いてからすぐに閉じた。

「……やっぱり行こうかな」

小さな声で言ってみるとお母さんの顔はぱっと明るくなる。

「社会との繋《つな》がりは大切だからね。同じ症状の人とも話せるかもしれないし」

「だよねー、話せるといいな」

お腹がまたきゅっと痛くなって今度は胃がムカムカと音を立てる。麻婆豆腐の辛さのせいだ、だから大丈夫だ。生きるためには社会に参加し続けないといけないんだろうか。

……でも、どうして。

真夜中ルームが始まる二十時ぴったりに、私は市民ホールに到着した。お母さんはロータリーに車をつけると「いってらっしゃい」と手を振ってすぐに去っていく。

私はロータリーに立ちすくんだまま。足は重く、動かない。

「あれ？　……棚上？　やっぱり棚上だ」

固まったまま動けないでいる私の後ろから声がした。

振り返るとそこに立っていたのは、ラフな格好をしたすらりと背の高い男性だった。

夜闇にまぎれた彼をよくよく見てみると、

「篠村《しのむら》……？」

それは篠村旭《あさひ》だった。中学高校と同じ学校だけど、同じクラスにはなったことのない、友達とも呼べない関係の男子生徒。

「棚上、俺のこと認識してくれてたんだ」

「う、うん」

もちろん知っている。同じ学年で篠村のことを知らない人はいないんじゃないだろうか。整った顔立ちと高身長、一年生ながらサッカー部で活躍していて、友人の間で篠村の話題は何度も出るほどだ。

「なあ棚上、もしかしてだけど。——昼夜逆転症候群だったりする？」

篠村はなんてことのないようにそう訊《たず》ねた。

胸がどきんと大きな音を立てる。先生にだけ相談して生徒には秘密にされていたことの症状。隠すほどのことでもないとは思っていたけれど、こうして真正面から聞かれると、恥ずべきことのように思えてすぐに頷《うなず》くことができない。

「あ、ごめん。軽々しく聞くことじゃないよな。あーえっと、実は俺も昼夜逆転症候群なんだ」

篠村は困ったような顔をしながらそう言った。

「え？」

「だから真夜中ルームに来たんだけど。棚上もかな、と思って」

——まさか。だけどよく考えればそうだ。土曜の夜の市民ホールはなんの催しもないし、昼夜逆転症候群や真夜中ルームは誰でも知っているものではない。

「そうなの。私も昼夜逆転症候群で……」

語尾は掠《かす》れた。久しぶりに人と話したからか、なんだか喉がカラカラに乾いている。

「そっかあ。……さらに聞いて悪いけど、もしかして入るか迷ってた？」

篠村は市民ホールと私を見比べながら訊ねた。きっと声をかける前に立ちすくんで

いた私を見たはずだ。なんと答えていいか迷っていると、

「じゃあ俺と一緒に飯でも食べに行かない？　夕食？　いや、俺らでいうと昼食かな——を食べに」


「肉が染みる」

ハンバーグを一口食べた篠村はすぐに二口目も頬張った。私も目の前のオムライスをスプーンですくう。お母さんが作ってくれた中華料理はほとんど食べられなかったから、どうやらお腹がすいていたみたいだ。

私たちは近くにあるファミレスで食事をとることにした。

「美味しい」

「それはよかった」

篠村は満足げに目を細めた。考えてみれば男の人とふたりで食事などしたことがない。急に気恥ずかしくなってきてスプーンを噛《か》みしめる。

「棚上はいつから昼夜逆転症候群になったの？」

そう質問する篠村のハンバーグは一瞬で半分なくなっている。肉を飲み込んだ篠村は私に聞いた。

「七月初めから、突然」

「俺とほとんど同じか。俺は六月の終わり」

篠村も学校を休んでいるなんて知らなかった。ああでも篠村くんがいない、と友人の絵里《えり》がグラウンドを眺めながら言っていたかもしれない。

「篠村は真夜中ルームに行ってるの？」

私は自然と質問していた。同じ昼夜逆転症候群の人の話はずっと聞いてみたかった。これからどうしていくのか、とか、どうやって毎日を過ごしているのか、とか。聞いていいよと言ってくれる人はきっと真夜中ルームにはたくさんいる。だけど聞けなかったことたちだ。

「行ってない。最初の二週間くらいは行ったんだよ。でも俺には合わなくて」

意外だ。明るくていつも友達に囲まれているような篠村でもそう思うだなんて。篠村ならコミュニティルームの真ん中で笑っていそうなのに。

「なんか、窮屈なんだよな。あそこ」

――窮屈。そうだ、私が真夜中ルームに感じたのはまさしくそれだった。

確かに真夜中ルームは居場所を提供してくれている。だけど同じ症状というだけで、年齢や性別関係なくひとつの場所に押し込められるのは、学校よりもよっぽど窮屈に思えた。……たくさんの人がいればますます正解がわからなくなってしまう。

「実は私もそう思ったの。だから一回きりしか行けてなくて」

「わかる」

篠村はドリンクを口に含む。わかる、たったひと言なのに、嬉《うれ》しくてぐっと喉に力が入る。

「じゃあさ、これからは夜を俺と過ごさない？」

篠村はさらりと言った。他意のなさそうな軽い口調で。

「篠村と、夜を……？」

「うん。暇だろ、家にいても。でも真夜中ルームも俺らには合わないし。ああでも棚上、女の子だし深夜は危ないからあんまり遅すぎない時間に。棚上毎日何時頃に目が覚める？」

「私は十六時」

「俺もそれくらい。なら十七時から集まって二十一時半には解散しよう。どう？」

「いいよ」

私は頷いた。男の子と夜を過ごす、それはなんだかいけないことをしているようにも思えた。

でも私だって誰かとの繋がりが欲しかった。三週間過ごした暗い夜は孤独で。私は細い繋がりを掴《つか》むように頷いていた。

私たちは食事を終えると解散した。私は真夜中ルームに戻って、篠村は『やっぱり入る気になれない』と帰宅することを選んだからだ。

私も到底入る気にはなれなかったが、真夜中ルームに行くと言って家を出てきた手前、このまま帰宅する勇気が出なかった。

今日も作業ルームで宿題をしながら、篠村との会話を思い出す。

あのあと、私たちはとりとめのない話をした。中学時代の友人たちはどの高校に行ったとか、日本史の先生に最近子供が生まれたらしいとか、まるで天気の話のような当たり障りのない会話だ。

昼夜逆転症候群の話題をお互い避けるように。

そう、例えば、どうして昼夜逆転することになったのか、とかを。

昼夜逆転症候群は原因不明と言われているし、実際医学的には原因不明なんだろう。

でもなんとなくわかる。

朝目覚めたくないと、願ったからだ。

春、私は希望に満ちあふれていたと思う。

自分で選んで受験で選ばれた相思相愛の学校だ。徒歩通学から、二駅分電車に乗って。ださくて仕方なかった制服から、可愛《かわい》い理想の制服に変わった。

だけど小学校から中学校までの九年間、ほとんど変わらないメンバーで過ごした私にとって、初対面の人ばかりの高校は想像していたよりもずっと疲れた。

今まではなんの気も遣わずに発言していたことが憚られる。自分の言いたいことややりたいことよりも、その場の空気に馴染《なじ》むことを優先させる。

おかしくもないのに笑って、怒ってもないのに愚痴に共感して。それは〝大人になった〟ともいえるのかもしれない。

だけど毎日どんどん〝私〟がすり減って、私はうまく自分の気持ちを出せなくなっていた。

今まではうまくやってこれた、はずだった。でも人付き合いというものは自分が思っていたよりずっと難易度が高いことに気づいた。

ある日。四人グループのひとり、マイが彼氏との愚痴をつぶやいていたときのこと。

『別れたほうがいいんじゃない？　マイのことを大切にしてくれない彼氏なんて最低だよ』

私の言葉にその場はわかりやすく凍った。まるでピシッと音が鳴ったように。マイだけでなく残りのふたり、絵里と由奈《ゆな》の表情も固まった。

マイのためを思って言ったつもりだった。マイの彼が浮気をしているのは明白で、約束をすっぽかしてばかりだった。あまりにもおざなりにする彼の対応に私は腹が立っていたし、そんな男にすがりつく意味もわからなかった。

『そうだよね』

私の言葉に、マイは力なく笑うと同時に瞳に涙がじわりとたまった。絵里が私を見た。その瞳はまるで私を敵認定したかのように鋭く見えた。

『でもマイは好きなんだもんね。そう簡単には割り切れないよね』

由奈がマイの背中を優しくさすると、耐えきれないというようにマイは涙をこぼした。

『それが恋ってことだよね、信じたいよね』

絵里が同調してマイは『ありがとう』と微笑《ほほえ》んだ。

『ご、ごめんね……。私マイのことを思ってちょっとひどいこと言っちゃった。恋もしたことないのに……なんの参考にもならないよね、ごめんね……』

ひゅぅと鳴りそうな喉から、上擦った早口の言葉たちが滑っていく。

『ううん、栞は心配してくれただけってわかってるから』

マイは小さな声で言った。

いじめや無視に発展するほど私たちは子供ではない。

少しだけマイとの間に距離が開いて、私の前では彼氏の話をしなくなっただけだ。

『栞はちょっとお節介なところあるよね』

『わかる。正論言えばいいってもんじゃないから』

『ま、栞もいい子なんだけどね』

と、絵里と由奈が話しているのを聞いてしまっただけだ。

大きな歪《ゆが》みができたわけではない。

それだけがきっかけなわけじゃない。だけどなにかを口にするのが怖くなった。私ってお節介なのかもしれない。空気が読めないのかもしれない。私の言葉が人を傷つけるのかもしれない。あの場を思い出すだけでお腹が痛くなる。

ううん。きっと人との関わりってこんなことばかりのはずだ。みんなそうやって大人になっていくんだ。私だけじゃない。

そう言い聞かせても、どうしようもなく足がすくんで、自分が立っている場所がわからなくなっていた。

翌日、約束通り篠村は十七時に我が家にやってきた。外で集合するのかと思っていたのだが、篠村はなんとお母さんに挨拶までしたのだ。

好青年かつ、家が近所、高校も同じ。同じ昼夜逆転症候群。二十二時には送り届ける。篠村の爽やかな挨拶にお母さんは私を機嫌よく見送った。

「お母さん、真夜中ルームに行きなさいって言うと思った。すごい」

「親は子供が社会から取り残されるのが怖いだけなんだよ。外に出るだけでもいいんだ」

家を出て歩きながら篠村はそう言った。

「真夜中ルームだってそういう考えから生まれてるんだよ。あそこに行けばなんとなく許された気がする。だからあそこは必要なんだ」

「そうかも」

私よりほんの少し昼夜逆転歴が長いだけなのに、篠村はいろいろと考えているんだな。そう思っていると、

「今日はどこに行く？　まだ外も明るいし」

篠村が私に聞く。真夜中ルームに行かないのであれば、自分の居場所を自分で定めないといけないんだった。

「どうしようかなあ」

意見を口にすることが怖くなってから、私は小さな提案さえうまくできない。

「棚上に特に希望がなければ、公園でサッカーでもしない？」

公園でサッカー。予想していなかった提案に正直面食らう。女子高生の遊びとしては一般的ではない。

「あー……昼夜逆転してると身体なまらない？　だからなんか身体動かせたらと思って。俺はよく早朝に散歩してる。でも女子にサッカーはないか」

私の反応に篠村が気まずそうに言うから、その表情がおかしくて吹き出す。

「いいよ。サッカーしよう。私全然できないけどね。でも確かに身体動かしてないからよさそう」

「じゃあ俺んちすぐ近くだからボール取りに行っていい？」

そうして私たちは近所の大きな公園に到着した。遊具もあってグラウンドも広い、小さな小川なんかもある。小学生の頃によく来た公園だ。

「久しぶりに来たなあ。懐かしい」

「うん」

「歩いてるだけでもちょっと気分いいかも」

「だろ？　やっぱ家の中にこもってるよりちょっとは身体動かしたほうがいい」

「だけどめっちゃ暑いね」

うだるような暑さに本音が滲《にじ》んで私ははっとする。せっかく篠村が誘ってくれて、私の身体のことを考えて公園を選んでくれたのに。失礼な発言じゃなかったか、無意識に手が口を覆う。

「だなー。これ、サッカーは無理だな」

だけど篠村はおかしそうに笑うだけだ。……気を悪くしていないだろうか。そう思って表情をうかがうと、

「なに？　あんまりじっと見られると照れるけど」

篠村は少しだけ耳を赤くしてそう言った。思っていなかった反応に驚いてしまう。

「暑いしちょっとだけ散歩したらアイスでも食べに行くか」

私と篠村の一日目の夜はあっという間に終わった。

公園をぐるりと散歩してアイスを買って公園に戻った。身体が冷えたからと、少しボールを蹴ったらすぐに汗だくになった。次は銭湯に行くのもありだな、なんて話して。それから昨日も行ったファミレスで私たちにとってのお昼ご飯を食べて、二十一時半頃には家まで送ってくれた。お母さんはもちろん喜んでいた。

家族が眠る夜中から、私が眠りにつく夜明け前までの四時間ほど。昼夜逆転が始まってから私はずっと孤独だった。部屋の明かりをつけてイヤホンから好きな音楽は流れても、静かな夜に私ごと沈んでしまっている気がした。

この世界には誰もいなくて、私だけで。真っ暗で終わりのない泥のような暗闇に溶け込んで、もがいても出られる気がしなくて。

朝目覚めたくもないのに夜に生きる勇気もない。夜にひとり起きていると、この世界に私しかいない気がして、言いようもない恐ろしさが足元に渦巻いていた。

でも今夜は違う。

私が眠れない夜に、同じく眠れないままの篠村がいる。真夜中を一緒に過ごさなくても。今日は独りぼっちな気がしなかった。

篠村と真夜中ルームの前で出会ってから一週間が過ぎた。

そのうち四回一緒に過ごした。図書館で勉強したり、ゲームセンターに行ったりもした。

今日は公園にあるバスケットゴールでシュートを決める遊びをした。少し身体を動かすだけで汗だくになったから、屋根のあるベンチでひと休みする。

「はあ、暑い。今日銭湯行くことにしてて正解だったな」

篠村は着替えが入っている袋を振った。前回の約束通り、近くの銭湯に行く予定なのだ。

「篠村バスケもできるんだね」

「棚上といえばバスケかなって」

「知ってたの？」

「そりゃもちろん」

私は中学時代、バスケ部だった。篠村が知ってくれていたことは意外だけど。

中学は部活にも打ち込んでいたなあ。うまいわけでも、強い学校でもなかったけど、必死に毎日頑張っていた。高校では周りの友達が帰宅部だったから、特別好きだったわけでもないし、と続けなかった。今でもなにか打ち込めるものがあれば、私は私を好きでいられたんだろうか。そんなことをぼんやり考えていると、

「棚上、夏休み友達となにしたかった?」

篠村はそう訊ねた。

「うーん、改めて聞かれると難しいね」

夏休みといえば花火大会だろうか。家が近所で幼馴染の美優《みゆ》と小学生の頃から毎年行くのが恒例だったけど、今年は彼氏ができたらしいので遠慮したんだった。高校の友達だけでなく中学時代の友達にも会えていない。

「夏休みにやりたかったことやってみない? 毎週ひとつはお題を決めて」

「いいね」

普通の夏休みを送れない私たちだけの特別な夜の夏休みだ。夏休みが終わってしまったらいったい私たちはどうなるんだろうか。学校はどうするんだろうか。その気持ちに蓋《ふた》をしてしまえば、特別な夏にワクワクもする。

「今が夏でよかったよね。夕方でもまだ明るい」

十八時になっても賑《にぎ》わっている公園を眺めながら私は言った。

「冬に昼夜逆転したら大変だよ。ずっと暗くて気が滅入る」

「だよねえ」

だけど夏が終わればやがて冬が来る。やっぱり今後のことはなにも考えたくない。

「夏休みといえば。篠村は部活、大丈夫なの？」

篠村はサッカー部で活躍していたはずだ。一年生でもレギュラーではなかっただろうか。私は帰宅部だからなんの問題もないけれど、篠村にとって夏休みでも昼夜逆転は大きな問題だ。

「あーえっと、うん。まあね」

篠村は珍しく言葉を濁した。

もしかして篠村の昼夜逆転症候群のきっかけは部活なのかもしれない。人気者に見える篠村でも部活なら悩むこともあるのかも。大活躍だとは聞いていたけど、できる人特有の悩みだってあるだろう。

「そういえば篠村って小学校のときはいなかったよね！　中学から引っ越してきたの？」

少し無理がある気もしたけど私は話を変えることにした。部活は触れられたくない話題のような気がしたのだ。

「そう。中一の秋に」

「中一の秋だったっけ？　クラス違ったから時期まで覚えてないや」

「だろうな。そもそも俺のこと覚えてる？」

小さく笑って聞いてくるから、一度篠村のことを見やる。背が高くて女子生徒から憧れの目で見られる篠村。だけど正直、中学時代の篠村とは少しイメージが違う。

「覚えてるよ。でも中学生のときとだいぶ雰囲気が違うから、中学時代の篠村があんまり思い出せなくなってるかも」

これ言ってよかっただろうか。口から出したあとにまた少し不安になる。

篠村は中学時代はあまり目立つ生徒ではなかった。背も高くなかったし髪の毛はもっともっさりしていたし、わりと大人しい印象の生徒だった。

「あはは、だよな。俺高校デビューだし」

「ご、ごめん。そういうつもりで言いたかったわけじゃ――」

「わかってるよ、大丈夫。でも棚上が覚えてくれてるとはね」

「同じクラスなったことないけど。そりゃ覚えてるよ」

親しくなかったとはいえ転校生は話題にもなるし、小学校からずっと同じメンバーで四クラスしかなかったのだ。学年全員の名前くらいは把握している。

「そっか。なら嬉しい」

篠村は嬉しそうにはにかんだ。転校生側からすると全員は覚えきれないのかもしれない。

「そういう篠村は私のこと覚えてる？」

私は軽く質問しただけ、だったのだけど。

「棚上のこと忘れるわけないよ」

篠村はまっすぐ私を見つめた。

「なんか変なことしたっけ。私」

中学生のときの私はもっと積極的でなんでも口にしていたと思う。少しお調子者だったところもあるから、なにかふざけていたところを見られていたかもしれない。

「はは、大丈夫。変なことしてないよ。まあ棚上は覚えてないと思うからいいよ」

「なに、気になる」

「ちょっとしたことだって。そろそろ銭湯行こうよ。汗気持ち悪くなってきた」

どうやら篠村は答えてくれる気はないらしい。


七月の終わり。夏休みにやりたいこと。その一。

私たちは映画を観に行った。

夏休みにやりたいことがパッと出てこなかった私に、篠村が提案したのだ。

「〝夏休みだからこそやりたいこと〟で映画？」

「キンキンに冷えた映画館でホラー映画を観てさらに寒くなる。これは夏休みだからこそやりたいことと言えるね」

「なるほど」

そんなわけで私たちは地元のさびれた映画館に行って、最近よくCMを打っている映画を観た。正直言って……微妙だった。主演は人気のアイドルグループの女の子だったが演技初挑戦らしく、彼女が大げさな演技をすればするほど恐怖心が減っていく。そして古い映画館は生ぬるく、椅子にもたれた背中がじっとりと汗ばんだ。とても快適とは言えない二時間だった。

「なあ、どうだった……？」

映画館から出て、少し歩いたところで篠村は私に訊ねた。

「えっと……」

篠村はどう思ったんだろう。映画館は暑かったし、怖さで冷えることもなかった。だけどもしかしたらあのアイドルのファンかもしれない。それなら演技が微妙だったね、と言えば気分を害してしまうかもしれない。たったひと言、うまく答えることができなくてぐるぐると考えが巡る。

「正直に言っていいよ」

篠村はいたずらっこのような笑みで私を見た。

「……映画館ちょっと暑かったね」

「だいぶな」

「目標達成度は六十パーセントくらいかも」

「あはは、なにそれ、目標達成度って」

マイナスな言葉を避けようと苦し紛れで口にした私の言葉を、篠村はおかしそうに笑った。

「本当に六十パーだと思う？」

「う……二十パーくらいかも」

「暑いし、映画で冷えてくれなかったもんなー」

篠村は楽しそうに笑う。正直な気持ちを言っても篠村は気にすることなく笑ってくれる。目標達成百パーセントにならなかったのに、楽しい夏の思い出になったから不思議だ。

八月一週目。夏休みやりたいこと。その二。

それを提案されたとき、私はどうしようか一瞬悩んだ。花火大会に誘ってもらったからだ。

「やっぱり夏休みといえば、花火大会！」

「そうかも。でも篠村、相手は？」

「彼女ってこと？　いたらこんなに棚上と会わないって」

……それもそうか。篠村は彼女がいたらすごく大切にしそうだ、なんとなく。今まで篠村の彼女の存在を考えたことがなかったけど、考えてみると心がほんの少しざわつく。

篠村に彼女ができたら、たとえ昼夜逆転の仲間だとしてもこんなに頻繁に会うことはなくなってしまう。というかむしろ今が恋人のように会っているんだけど。

「棚上？　どうした？　もう行く人いるなら断ってくれてもいいよ」

「ごめん、ちょっとぼーっとしてた。行く人いないよ。毎年行ってた美優は彼氏できたみたいで」

「田中《たなか》か。──棚上は彼氏は？」

「いたらこんなに篠村と会わないよ」

篠村の真似をして答えると笑顔が返ってきた。

「じゃあ一緒に行こうよ」

「……うん、いいよ」

そんなやりとりがあって、今は浴衣を着た状態で悩んでいる。

お母さんが花火大会に行くなら！と張り切って浴衣を着付けてくれたのだけど、ただの友達と出かけるにしては少し気合いが入りすぎではないだろうか。

これでは逆に気を遣わせてしまうんじゃ？　気がそわそわとして落ち着かない。

いつものように篠村は私を家まで迎えに来て、玄関先で私を見ると目を丸くした。やっぱり気合いが入りすぎてしまっているんだ。篠村はラフないつも通りの格好なのに。私は髪の毛を巻いてアップにして、薄くメイクまでしてしまっている。こんなのまるでデートのために張り切ってるみたいだ。

「お母さんが花火大会行くならって浴衣出してきたんだ。ちょっと張り切りすぎだよね」

言い訳のように早口でそう言うと、「えーなんで！　花火大会は浴衣が一番！」と篠村は笑顔を見せた。

篠村に笑顔を向けられると、いつも〝ならいいかあ〟と思う。自分の言動がずっと不安で仕方ないのに、篠村といると〝気にしなくていいのかも〟と思える。篠村といるときの自分のことは好きかもしれない。

花火会場の近くまで来ると、想像通り人はごった返していた。私たちは焼きそばやたこ焼きなんかの食料を買ってから、メイン会場まで向かうことにした。

「わかってたけどすごい人だな」

「本当に」

蒸し暑い空気と一緒に人混みに流されていく。

「棚上」

名前を呼ばれて篠村を見ると、篠村は私に手を差し出している。

「あーえっと、ほらはぐれないように」

まるで少女漫画のワンシーンだ。少し照れ臭そうにしている篠村の手を取って、私たちはしばらく黙ったまま人の波に乗って進んだ。

いつもふたりで歩いているとき、どんな話をしていたっけ。うまく話せそうにないから、私は人の波に溺れないように必死に歩くふりをし続けた。

しばらく進むと開けた場所に来て、ようやく自分の思う方向へ歩けるようになった。

手を離す？——今ははぐれる心配もない。手はじっとりしてきた。手汗を不快に思われるかもしれない。だから離したほうがいい。

手を離さない？——急に離したら嫌な気持ちになるかもしれない。『俺のことが嫌いなんじゃ？』と思われるかも。

「あそこらへん空いてる。どう？」

繋いだ手と逆の手で篠村は指さした。河原の石段になっているところで、座りやすそうだ。

「いいね」

篠村はそのまま歩きだすから、私は手を離さないことにした。篠村が、じゃない。私がもう少しこのままでいたかったのかも、しれない。

目的の場所まで到着すると、「篠村？」と後ろから声が聞こえた。

「お、谷口《たにぐち》」

そこにいたのは中学時代の同級生・谷口だった。彼女らしき女の子と手を繋いでいる。そして私が谷口に気づいた瞬間、篠村はぱっと手を離した。

「久しぶり」と谷口が言うと、「三日ぶりだろ」と篠村は突っ込む。

「え、待って。棚上？」

谷口は私の存在に気づくと目を見開いた。私を確認するようにじっと見つめる。

「久しぶり」

「へー、棚上と？　ふうーん、そういうこと？」

にやにやと谷口が私と篠村を見比べる。

「違うから」

「今度詳しく聞かせてもらうわ」

「ちょっと。感じ悪いよ。邪魔するな」

谷口の彼女らしき女の子がたしなめると、「ごめんごめん。じゃあ俺らは行くわ」と谷口は言った。

「またな、篠村」

谷口が軽く手を振る。彼女がぺこりと頭を下げて、私も会釈を返した。

「……座ろっか」

篠村はそう言って石段に座るから私も座った。

「谷口、懐かしい。仲いいんだ？」

動揺を隠すように放った言葉はボリュームが少し大きかった。篠村の顔を見られず、私は袋から焼きそばやたこ焼きを取り出す仕事につくことにした。

篠村が手を離した。先ほどまで自分も離すか離さないか悩んでいたくせに。なぜかその事実に私は揺さぶられていた。

「よく谷口たちとは会うかな。三日前もナイター見に行った」

「そっか、夜なら普通に遊べるか」

「うん。えっと、昼は予定があるけど夜なら空いてるって言ってる」

「あー、確かに。それはありだね」

さも今気づいたかのように相槌《あいづち》を打ったけど、それは心のどこかで気づいていたことだった。別に私が生きている時間は〝真夜中〟だけじゃない。私が〝昼夜逆転〟を言い訳にして友達と過ごす時間から逃げているだけだ。

「谷口は知ってるの？　篠村が昼夜逆転ってこと」

「いや、話してない」

「そうだよね、わかる。心配かけたくないし」

それは半分本音で半分建前だった。変に心配をかけたくない。

だけど一番の本音は逃避だった。昼夜逆転の生活だから、友達に会って向き合わなくてもいい。追及されたくもなかった。

昼夜逆転。原因不明の症状。でもそうなった理由が、私にはなんとなくわかる。きっと〝朝が来てほしくないから〟だ。それを説明するのは、友達にあなたたちと会いたくないと言っているようなものに思えたし、私が〝弱い〟ことを証明しているみたいだった。

「棚上は会ってる？」

「ううん、誰とも」

「女子は夜に遊ぶの危ないしな」

篠村は軽くそう言うと「あ、焼きそば食べていい？」と言ってプラスチックの容器を開けていく。

篠村は、私と同じ昼夜逆転症候群。

だけどきっと私より広い世界に生きている。

今、私の夜には篠村しかいない。それを突き付けられた気がして。手が離れた瞬間の感覚を思い出して。

毎年楽しみにしている鮮やかな花火がぼんやりとしか目に入らなかった。

八月二週目。夏休みやりたいこと、その三。

「そろそろ棚上の希望を叶《かな》えようよ。ないの？　なんでもいいよ」

そう言われて私がひねり出した答えは線香花火だった。

「夏の夜といえば、線香花火！　……って感じしない？」

小さな提案だというのに声は掠れた。

「する」

不安に思う間もなく篠村はそう言って、「せっかくだし、線香花火だけじゃなくていろいろ入ってるやつにしようよ」とディスカウントストアで大きな花火セットを買った。

私たちが訪れたのは学区の外れにある河原。昼は多くのバーベキュー客が訪れて夜は花火もできるスポットだ。——今夜は私たちふたりきりだけど。

「よし」

篠村は花火を並べ終わると、ライターを出してまず自分の持っている花火に火を点けた。それから私が持っている花火に自分の火を移してくれる。

火が点いて、勢いよく白の光が飛び出していく。まっすぐに。思っていた以上に明るくて、篠村の顔がはっきりと暗闇の中で浮かぶ。

「すぐに終わった」

篠村の顔がまたうっすらとしか見えなくなってなぜか安心する。同じく私の顔も見えないはずだから。

「次はこれにしようかな。ぱちぱちするみたい」

「いいね。じゃあ俺はこれ。大閃光《だいせんこう》だって」

「さっきのより明るいのかな？」

袋から出したときはすごい量だと思ったのに、あっという間に手持ち花火はなくなってしまった。篠村と過ごしているとなんでもすぐに終わってしまうのはどうしてだろう。

「大本命、線香花火行きますか」

篠村は花火の袋から小さなろうそくを取り出した。線香花火はこっちのほうが火が点けやすいから、と言いながら。

「じゃあ……いくね」

私はほんの少し緊張しながら線香花火を掴んだ。ろうそくの火に線香花火を近づけると大きな火の玉ができて、あっけなく落ちた。

一瞬で落ちてしまった線香花火に篠村が声を出して笑う。

「あ」

「俺がお手本を見せましょう」

篠村も線香花火に火を点ける。火の玉は丸くなって、弾け——ずに落ちる。

「下手くそすぎない？」

思わず声を出して笑ってしまって「あ」と思う。バカにしたように聞こえないだろうか。そんなことが一瞬よぎったけれど、ろうそくの淡い光に揺らされて篠村は穏やかな目で私を見ていた。

「もう一回」

線香花火にまた火が灯る。プクリと小さな玉が膨らんでいく。

——同時に私の感情も芽を出した。なにが正解かわからないから、なにかを言ったら傷つけて傷つくから、好きとか嫌いとか、全部なくしたかったのに。

線香花火はパチパチと弾けていく。一度気づいてしまったらもう止まれない。

「あ、」

勢いよく弾けた玉はぽたりと落ちた。

「これ不良品だったりする？」

私が眉をひそめると篠村はおかしそうに笑った。

次の線香花火も勢いよく火が点いて、大きな玉に膨れ上がってパチパチと弾け始めた。そして勢いがよくなったところでぽたりと落ちる。

「あーあ」

「もうちょっと下持ったほうがいいんじゃない？」

篠村は私の持っている線香花火に手を伸ばした。

「ほら、このあたり。ここならそんな熱くないし安定する」

手は触れていない。でもあと数ミリ動かせば手は触れてしまうし、私たちの距離は思っていたより近づいた。

「ごめん。俺邪魔だよな」

ぱっと篠村が離れて、私は「ううん、ありがとう」なんて返した。

篠村が近くにいるのは嫌じゃない。でもそんなに近寄られると、また揺れる。手元が揺れて、火の勢いに負けてしまう。

小さな玉は大きく膨らんであふれてこぼれ落ちそうだ。一度火を点けてしまったら、もうあとは膨らんで弾けるしかない。私の感情も。

「落ちないで」

笑ってしまうくらい必死な声が出た。なにを線香花火に祈るんだろう。だけどこれがうまくいったら篠村に話してみよう、自分のことを。

「落ちるなよー」

篠村もじっと私の手元を見つめているから手が少し揺れてしまったけど、線香花火は落ちることなくしぼんでいった。

「ふう、成功！　ひとつ成功すると気が楽だ」

「なんだそれ」

「線香花火してるとひとつは成功させなくちゃって気になる」

「そんな追い詰めんでも。ま、言いたいことはわかるけど。じゃ、このあとは気軽にやりますか」

篠村が笑いながら次の線香花火を渡してくれる。火を点けて私は訊ねた。

「篠村、なんで声かけてくれたの」

「ん？」

「誤解しないでほしいんだけど、私は嬉しかったんだよ。だから結果的にはよかったんだけど、その……一緒に夜過ごそうって切り出すの勇気いるでしょ？　私たち同じクラスになったことさえないんだし」

ずっと思っていたことだった。私なら絶対にできない。ほとんど知らない人に、同じ症状というだけで気軽に話しかけることは。ましてや夜を一緒に過ごそうと提案するなんて。

「ほら、おせっかいって思われたらどうしよう、とか……」

つぶやきが途切れる。それを気にしているのは私なのに、なんで篠村に自分の悩みを押し付けてしまったんだろう。ちらりと篠村を見上げる。

「俺が救ってほしかったから」

篠村は私をまっすぐに見た。

「え？」

「俺が夜から救ってほしかったから。ひとりの夜は不安だし、おせっかいでもなんでも一緒に過ごしてほしかった。強引に連れ出してほしい気分だったから」

篠村が連れ出してほしかった……？　目を瞬かせていると、篠村は次の花火に火を点けてゆっくり話し始めた。

「嫌だとかキモいとか思われる可能性はあるとは思ったよ。でもさあ、それってどれだけ考えてもわからないから。自分の言動を相手がどう捉えるかって、一種の賭けみたいなもんだよ」

「賭け……」

「棚上は嬉しいって思ってくれたんでしょ。だから今回たまたま俺は成功した。でも拒否する人も、俺を悪く思う人もいるだろうね」

ぱちぱちと弾ける光が篠村の顔を照らす。思い出すように篠村は続けた。

「でも俺は過去にそのおせっかい的なものに救われたことがあるから。だから俺も声をかけてみた。その人みたいになりたくて。それを全員に受け入れてもらえるとは思わない。でもそれでもいいかなと思ってる」

線香花火は弾けて、また落ちる。それを見て篠村は真面目な顔を少し緩ませた。

「強いね、篠村は」

「どうだろ、開き直ってるだけかも」

「私、怖くなっちゃったんだ。意見を言うこと」

次の火を灯しながら、小さくつぶやいた。

「私の言葉で友達を傷つけたかもしれない。そう思ったら全部怖くなっちゃって。間違ってたらどうしようって思ったら、下手なこと言わないように黙ってなきゃって……一度そう思ったらうまくしゃべれなくなっちゃって。学校に行くのも怖くなっちゃった」

そこまで一気に吐き出して、はっと顔を上げる。篠村は変わらない表情でこちらを見ていた。

「うん。話してくれてありがとう」

こんなに自分の気持ちを話したのは久々だ。言葉と一緒に涙もじわりと出てきそうで、私はぐっと喉に力を込めた。

「聞いてくれてありがとう」

篠村はう〜んと少し考える素振りをしてから、

「誰かを傷つけるためにわざと放った言葉は問題外だけど、それ以外は正解も不正解もないと思う。なにを言っても悪く捉える人もいるし、言葉を間違えても伝わる人もいる。棚上が悪いわけじゃない。もう相性の問題だよ」

篠村の言葉がゆっくりと私の中で弾けていく。

「そうだよね」

「怖いものは怖いけど。どうですか、俺みたいに開き直るっていうのは」

「あはは、そうだね。私にはすぐにはできないと思うけどいいね。いいなあ」

どう思われるか、怖い。自分の言葉が、石を投げた水面のように広がっていくのが。どんな広がり方をしてしまうのか。

だけどそんなに、そこまで自分を責める必要はないのかもしれない。

線香花火の光はずっと優しく照らしてくれていた。


その日、私の眠りにつく時間が一時間遅くなった。

私は五時まで起きていて、カーテンの外が少し明るくなるのを感じた。

眠りにつくのが一時間遅くなっても、十六時に目が覚めるのは変わらなかった。

目覚めてスマホを確認するとグループメッセージが届いている。メンバーは絵里と由奈とマイ。久しぶりの名前に少し身体がこわばる。

お昼頃にやり取りは始まっていて、由奈の『私のおじさんが焼肉屋開いたんだ。急だけど明日の夜みんなで行かない?』というお誘いからスタートしている。

絵里とマイが『行く!』『暇! 行きたい』と返していて、『おじさんの焼肉屋ってことは安くなるの?』『おじさんがご馳走《ちそう》してくれるって』『え、すご』と話が盛り上がっていた。

『栞、既読つかないね。まだ体調悪い?』とマイが送って、そこでグループメッセージは途絶えていた。つまり私の返事待ちだ。

正直篠村以外と会うのは怖い。だけど昨日篠村と話したこのタイミングで〝夜〟のお誘い。明日は篠村と会う日でもない。

なんだか神様が『少しだけ頑張ってきなさい』と言っているようにも思えて。

『ごめんね、寝てた。私も行けるよ!』と送ってみた。

すぐに『久しぶりの栞!』『やったー』『明日楽しみ』『いっぱい食べよ』と返事が返ってきた。先ほどまで重かったスマホが急に軽く思える。

顔を洗おうと一階に下りると、お母さんがキッチンで夕食の準備をしている音が聞こえる。今日はお母さん休みだったのか。

──今なら、言えるかもしれない。

私は息を大きく吸ってから、ダイニングに向かう。

「お母さん。相談があるんだけど」

部屋に入るなり、硬い声が飛び出た。

お母さんは深刻な顔を伴ってすぐにキッチンから出てきた。

「なにかあった⁉」

その顔はすごく私を心配していて、私がとんでもないことを言い出すのだと思っているのかもしれない。昼夜逆転してから心配をかけてばかりだ。

「大したことじゃないんだ。その……これから夜ご飯、私の分まで作ってくれなくてもいいよって言いたくて……」

「え？」

「せっかく作ってくれてるのにごめん。でも私にとっては夜ご飯というより朝ご飯みたいで、ちょっと重くて。それに十九時《しち》まで待ってるとお腹すくの。起きてすぐに軽くパンとか食べたいんだ」

お母さんは気を悪くしないだろうか。もしくは落ち込んだりしないだろうか。どんな表情をしているか気になる。

意を決してお母さんを見ると、ほっとしたように目元を緩ませていた。

「もうそんなことかあ。深刻そうな顔してたからびっくりしちゃった。わかった、十六時《よ》だとお母さん帰ってないこともあるから、パンとかいろいろと食べられるもの用意しとく」

「お母さん大変だし自分で用意するよ」

「そんなこと心配しなくていいよ。遠慮しないでいいから」

お母さんは私の背中を軽く叩《たた》いてキッチンに戻ると「今もお腹すいてる、よね？パンと……あ、目玉焼きでも焼こうか？」と聞いてくれる。

「スクランブルエッグのほうが好きだな」

そんなわがままも言ってみる。

こんな小さなわがままを言うにも勇気がいったなんて。

私はどれだけ自分を許せなかったんだろう。

お母さんが作ってくれたふわふわのスクランブルエッグは優しくてあたたかだった。


眠りにつくのが一時間遅くなったことを篠村に報告したら「いい傾向だよ！」と自分のことのように喜んでくれた。昼夜逆転症候群はある日突然治ることもあるが、徐々に眠りにつくのが遅くなって治っていく人が多いらしい。

なんとなく思い当たって、友達と約束をしたこと、要望を少しだけ言えたことも篠村に伝えた。

篠村は「そういうのが影響してるのかもな！」と嬉しそうに言った。

昼夜逆転症候群が治るかもしれない。

その先、どんな日々が待っているのか怖い。だけどひとつわかったことがある。私、嬉しいことがあったら、全部一番に篠村に伝えたい。

駅から焼肉屋まではマイと向かうことになった。マイとふたりになるのは気まずくなってから初めてだった。

「栞、体調よさそうでよかった」

マイは私を見てすぐに笑顔を見せた。半月も休んでいたのだから心配をかけてしまったんだろう。

「急に休んだからびっくりさせたよね。貧血がひどくて午前中がしんどくなっちゃって、夜行性になってた」

昼夜逆転症候群を説明すると驚かせてしまうかもしれない。そう思ってあらかじめ用意しておいた説明をした。マイは特別に疑う様子はなかった。

「夏休みってこともあってだいぶ昼夜逆転しちゃってる」

「じゃあ夜なら体調いい感じ？」

「そう。よかったらまた遊ぼう」

うん、大丈夫。うまくしゃべることができているはずだ。少し声が上擦って掠れているけどそんなに変ではないはずだ。

「話すのも久々だね」

「うん」

「――私、彼氏と別れたんだ」

マイの突然の言葉に私は驚いてその場に立ち止まってしまった。

「え、もしかして私の……」

「ふふ、栞のせいじゃないよ。自分でもわかってたことだから」

立ち止まった私に、マイも足を止めて向かい合った。

「だ、だけど……あのときは変に正義ぶって上から目線で、人の彼氏のことを最低とか言って本当にごめん」

震えた声が飛び出す。ずっと後悔していた、言わなければよかったと。ずっと謝りたかった。だけど勇気が出なかった。

「栞が心配してくれたことわかってたのに。私こそ嫌な態度取ってごめん」

マイは想像よりも柔らかい表情をしていた。

何度も想像の中でマイに謝った。何度も何度も謝った。だけど一度もこんな表情を予想できなかった。篠村の『一種の賭けみたいなもんだよ』という言葉が思い浮かぶ。

「傷つけちゃったし……腹も立ったよね」

「私、自分が恥ずかしくなっちゃって。栞に幻滅されたかもと思って前ほどうまく栞と話せなくなっちゃって。そんな自分のことが嫌になった」

マイは眉を下げて語った。マイもそんなことを考えて悩んでいただなんて予想もしていなかった。私が一方的に傷つけて怒らせてしまった。そう思っていたのだから。

人の気持ちは自分が思っていない方向にも動いていく。

「でも私の言葉のせいで、マイは自分を責めちゃったってことだよね」

「うーん、そうなのかな？　でも私の反応で栞も悩ませちゃったんだね、ごめんね」

「そんな、こっちこそ……！」

「あはは。私たち道の真ん中で必死に謝り合ってる」

マイが吹き出した。私の口からも笑い声がこぼれてくる。ようやく身体の緊張がほどけた。

「ほんとにね」

「私たち、どっちも悪いわけじゃないのにね」

「うん」

「ね、お肉食べに行こ」

マイが道の先を指差して、私は大きく頷いた。絵里と由奈にも早く会いたい。あんなに怖かったはずなのに私の足はすんなりと動いた。

ふたりも以前と変わらず私を迎えてくれた。

ただ美味しいものを食べて、どうでもいいことを話して。それだけでいろんなところがほぐれていくみたいだ。

私は勝手にすべてを怖がって、すべてを気にしすぎていたのかもしれない。

「そういえば篠村くんさあ」

思い出したように絵里が切り出した。

篠村――その名前に胸が跳ねる。篠村の昼夜逆転の秘密を守らないといけないから緊張した、それだけ。名前を聞くだけで胸が甘く疼《うず》いた気がして、私は言い訳をした。

「こないだの練習試合すごいかっこよかった。ひとりで二点も決めて」

「絵里、自分の彼氏そっちのけで篠村くん見てたからね」

由奈が笑った。練習試合……？　絵里の言葉の意味を考える。

「そっかあ。絵里の彼氏、サッカー部の先輩だもんね」

「そうそう。こないだ絵里と応援に行ったの。絵里、浮気者すぎる」

「いやいや、篠村くんはアイドルみたいなもんだから。恋愛とは別」

楽しそうな三人の会話がまるで理解できない。いや、理解することを拒んでいる。

「練習試合って？　何時くらいにやるもの？」

混乱した私の質問に、三人は不思議な表情を向ける。

「え？　そこ気になる？」

絵里が笑った。そうだ、そんなこと気にする人なんていない。部活の練習試合なんだから、どう考えたって普通は日中にやるものだ。

「普通に午前だったけど。十時くらい？　なんで？」

おかしそうに由奈も笑った。

「ごめん、変なこと聞いた。篠村本当に大活躍なんだねー」

私はへらりとした表情を作った。久しぶりにお腹がきゅうっと痛む。

「彼氏いわく篠村くんってすっごく真面目らしい。毎日誰よりも早く来てるみたいだしね」

篠村が昼間の練習試合に出ていた。

昼夜逆転症候群が治ったんだろうか。だけど絵里の話を聞く限りでは、篠村は長期間学校を休んでいるようには思えない。

どういうこと？　騙《だま》されてた？　警告音のように心臓が鳴る。

三人はそのまま会話を続けて、私も相槌を打ったり笑ったりしたけど、私の頭の中は警告音が鳴り続けて、先ほどまでの楽しい気持ちにはもう戻れなかった。

二時。私は真夜中の中心にいた。家族はみんな寝静まっていて、先ほどまで楽しく話をしていた三人もきっともう寝ている。

——そして、篠村も。

音ひとつない夜。私は部屋の明かりも消して布団に潜り込んでいた。部屋を暗くしてじっと息を潜めるようにしていると、泥のような闇に呑《の》まれていく気がする。

明日は篠村と海に行こうと約束していた。夏休みにやりたいこと第四弾のはずだった。

「なにが夏休みにやりたいことよ……」

情けない愚痴がこぼれる。

夏休み、篠村は普通に部活に打ち込んでるんじゃない。お昼を生きてるんじゃない。なのにかわいそうな私の相手までして。同情？　バカにしていた？

私はスマホを取り出すと『明日は行けない。もう私の夜に付き合ってくれなくていいよ』とメッセージを送って、眠れるわけもないのにぎゅっと目を閉じた。

目覚めたのは夕方だ。スマホを確認すると『16:14』と表示されている。新着メッセージも届いていて、送り主は篠村だとわかっていたけど見る気にはなれない。

夏休みもあと二週間。このまま夏が終われば住む時間を夜に変えてもいいかもしれない。そうなれば真夜中ルームに行って相談をするしかない。どうせこれから私の夜に付き合ってくれる人はいないんだ。

だけどすべてが億劫《おっくう》で。私は動画配信なんかを適当に見て、夜が明けるのを待つことにした。

ひとりの夜はスローモーションのように過ぎていく。楽しいはずの動画は耳からすり抜けていき、なにも頭に残さない。

……篠村がいない夜をこれから何度繰り返すんだろう。

胸によぎった考えを振り払った。篠村は私のことを騙した、信じられない人。もしかしたら誰かと私のことをからかっていたのかもしれない。

なのに篠村とのこれからを求めてしまうなんて、バカみたいじゃない。篠村は……。

目を無理やり閉じる。もう眠ってしまいたい。だけど夜はじっとりと過ぎていき、篠村の笑顔が瞼《まぶた》に張り付いて取れない。

「なんで篠村は私と夜を過ごそうと思ったんだろう」

ぽつりと疑問が口から出た。

篠村は昼夜逆転症候群も真夜中ルームも知っていた。……それはどうして？　篠村は私に声をかけてくれた理由を『夜から連れ出してほしかったから』と言っていた。あのときの篠村はとても嘘をついているように思えなかった。

私は篠村から届いていたメッセージを見ることにした。

『体調悪い？　大丈夫？　海はまた行こう。俺は棚上と夜を過ごしたい。一度話がしたい』

シンプルで、なんの弁明もないメッセージだ。だけど胸がぎゅっと痛くなる。

そのとき、スマホのバイブがぶるると震えた。真夜中、三時。メッセージが届くような時間ではない。もしかして――。

やはりメッセージの主は篠村だった。

『棚上、起きてる？　今話せない？』

メッセージを開いてしまったから、篠村の画面には既読の印がついたはずだ。だから続いて着信が来た。

ぶるぶると震えるスマホを手に取る勇気がない。しばらく震えて、やがて途切れた。

そしてもう一度メッセージが届く。

『ごめん、直接話したくて棚上の家まで来た』

え？

私は反射的に窓のほうを見た。篠村がここまで来てくれている。

……篠村の真意を聞くのは怖い。

怖い。でも……。

私は思い出してみる。篠村と過ごした時間を。

昨夜はカッとなったけど、私の中に降り積もった篠村旭というひとは私を傷つけることをしない。それは私自身が一番よく知っている。篠村が嘘をついたなら、それはきっとなにか理由がある。

スマホがもう一度震えて『ごめん。また連絡する』とメッセージが届いていた。慌てて窓に向かってカーテンの隙間から下を覗《のぞ》いてみると、そこには自転車を引いた篠村がいた。

スマホをじっと見ていた篠村がこちらを向いたから、私は慌ててしゃがんで身を隠す。

「なんで隠れちゃったの」

もう一度窓の外を見てみると、篠村は自転車を引いて家から離れようとしているところだった。

……これでいいんだ。だって嘘だった、と聞くのはやっぱり怖い。話を聞いてしまったらもう今までの私たちには戻れない。

だけど、本当にいいの？

篠村の態度は全部が嘘だった?

ううん、そんなことはどうでもいい。相手の気持ちはどれだけ考えてもわからない。それを篠村が教えてくれた。

私から行動しないと……! なにも変わらない!

立ち上がると部屋を出た。階段を駆け下りて慌てて靴を履く。靴紐《ひも》がほどけているけど気にしない。早く。早く、追いかけなきゃ。

昼に生きる篠村と、もう二度と会わない覚悟すらしていたのに。

私がどうしたいかは明白だった。

——篠村の隣に行きたい。夜を、篠村と過ごしたい。篠村と話したい!

篠村がどう思うかわからない。でも私はなんにも篠村に伝えていない。

もつれる足を動かして私は暗い道を走った。篠村は自転車だった、追いつかないかもしれない。だけど足を走らせた。

そうだ、連絡……! ポケットを漁《あさ》るけどスマホは忘れてきてしまったみたいだ。

「もう、運動不足だ!」

自分自身に文句を言ってまた走った。そもそも篠村が向かった先が本当にこっちなのか、正解もわからない。

走りながら、明日でもいいんじゃない?という言い訳が、荒い息と共にこみ上げてくる。だけど私はもう自分に言い訳をして、言い聞かせて、人を諦めたくなんてない……！

「篠村……！」

人影が見えて、願うように叫んだ。人影が止まる。自転車をゆっくり押して歩いていたのは篠村だった。

「棚上」

篠村は振り向くと驚いたように私を見た。

「……ごめん。やっぱり私……話が……したい……っ！」

苦しい息を吐き出しながら言うと、篠村は目尻を下げた。

「──棚上、五時まで起きてられるようになったんだよな？」

「え、う、うん」

「じゃあ行こう。見せたいものがあるんだ」

篠村は笑顔を見せると、私に自転車に乗るように促した。

篠村は私を自転車の後ろに乗せて走り出した。

三時半。真夜中の出発。誰もいない暗い夜。でもほんの少しだけ朝の匂いがして、少しだけ触れた篠村の背中はあたたかい。

「篠村、どこに向かってるの」

「中学」

「中学？　どこの？」

「俺らの」

自転車で来たから遠出でもするのかと思っていたら、自転車で十五分ほどの母校に行くらしい。

「棚上、ごめん」

篠村がひと言そう言った。

「ううん」

私はそう返すだけにした。なんで嘘ついたの？という渦巻く思いは消えていた。もう怖くはなかった。

篠村は理由もなく私を傷つけたりはしない。私が信じたい篠村を信じる。

お互い黙ったまま自転車はしばらく走っていたけど、突如スピードダウンする。急な坂道になったからだ。

母校は小高い丘にあって、この坂の上にある。

「降りようか？」

「今の俺なら、棚上のこと乗せていけるから」

「今の俺？」

「うん」

篠村は立ちこぎに変わった。ぐうんぐうんと上に進んでいく。そうして私たちの母校に到着した。

裏門のほうに回ると、篠村は自転車を適当に停めた。そして門の横にある植え込みから学校の中に入っていく。

「懐かしい。いっつも朝練のときここから入ってた」

「だよなあ……」

私が言うと、篠村は息を整えながら微笑んだ。

「大丈夫？　けっこうきつかったんじゃない？」

「全然大丈夫。こっち来て」

裏門から入ると大きなグラウンドが広がっていて、石段をのぼった先に校舎がある。一番上まで来ると石段に篠村が座るから、私も隣に座ることにした。

「ここ、私好きだったなあ」

「俺も」

この石段に座ると、上から町がよく見えた。今は暗くてぼんやりとしか見えないけど、晴れた日の見晴らしは最高で、中学時代一番お気に入りのスポットだった。

「棚上、ごめん」

篠村は静かに言った。それは嘘を指している。

「篠村はお昼、起きてるんだね」

「うん」

「なんで、嘘ついたの」

言葉が揺れる。篠村の顔がうまく見れない。

「ごめん。俺、今は昼夜逆転じゃない。だけど中学生の頃、昼夜逆転症候群だった。これは本当」

「あ……」

それで昼夜逆転症候群も真夜中ルームも知っていたんだ。

……そうか、篠村は同情してくれたんだ。同じ症状の同級生がいて苦しみがわかるから声をかけてくれたんだ、篠村は優しいから。善意でやってくれたことだと思うのに、同情だと思うと胸がふさがっていくような感覚がした。

「俺、中学に入ってすぐにいじめられて。それでこの町に引っ越してきたんだ」

「そ、そうだったの」

篠村がいじめ？　想像がつかなくて聞き返してしまう。知らなかった。

「今は背も伸びたけど中一の頃は小学生より小さくて。身体も細かったからやり返すことができなくて。結局いじめはなくならなくて、見かねた親が引っ越しを提案してくれたんだ」

「…………」

なんと言っていいかわからずに私は篠村の顔を見た。篠村は町をまっすぐ見つめていた。口調や表情に翳《かげ》りはなく、吹っ切れたような明るい顔をしていた。

「夏休みがあけた二学期から編入することになったけど、新しい中学に通うのも怖くて。そしたら昼夜逆転症候群になってた。朝が来るのが怖かったんだ」

「そうだったんだね」

「秋から昼夜逆転するのって最悪だよ。どんどん日は短くなっていくから焦るし」

そういえば以前そんな話を篠村とした気もする。篠村は秋と冬を経験していたんだ。

「真夜中ルームにも俺は馴染めなくて、毎日ひとりで夜を過ごしてた。そんなときに――あ、見て。朝が近づいてきた」

話を止めて篠村が前を見るから、私もそちらを向いた。

「わあ……」

暗いカーテンの下から漏れるように光があふれ始めた。空はグラデーションのように黒から紺に近づいていき、紺とオレンジが混じっていく。

「日の出って夕焼けみたいだね」

今の私にとっては夕焼けが朝だった。

――燃えるような球体が奥から顔を出した。太陽だ。

揺らめく太陽が昇るにつれて、オレンジは白く輝き、青を水色に染める。そして水面が広がるように黒までもが青に変化していく。

私たちはしばらくなにも言わずに空が移り変わっていくのをただ見ていた。

「眩《まぶ》しいね」

私の目から涙が落ちた。眩しい。眩しすぎるからだ。

「目が痛いくらい」

「明けない夜はないから、大丈夫」

篠村は静かに言った。それは綺麗事《きれいごと》だと、きっと昨日までの私なら素直に受け取れなかった。夜に沈んだままの私に朝なんて来ないんだから。

でも目の前の景色が証明してくる。

「明けない夜はないから大丈夫。朝はみんな平等に来るんだよ」

篠村はさらに言葉を紡いだ。

「いい言葉だね、なにかの歌詞？」

私は涙を拭きながら笑ってみせると、

「歌詞じゃない。昼夜逆転症候群で悩んでる俺に棚上が言ってくれた言葉。ここでこんな風に日の出を見ながら」

太陽に照らされた篠村がおかしそうに笑った。

「え!? 私が、篠村に？」

私から素直に驚きの声が出た。

「覚えてないかあ」

「いつの話？」

「中一の話」

私は記憶を手繰り寄せてみるが、中学時代こんな時間に外を出歩いた覚えはない。

「人違いじゃなくて……？　こんな早朝に外出ないよ」

「冬の話だから。六時半くらいかな。朝練に来た棚上と、俺の話」

「あ……」

そうか。冬ならこんなに日の出は早くないし、まだ薄暗い時間に学校に来たこともある。当時の私は張り切っていて、先輩よりも誰よりも早く朝練に向かっていたんだった。そしてこの石段で何度も日の出を見た。

「小学生と日の出見たの覚えてない？」

「あ……！」

そう言われて思い出した。ある朝、いつものように朝練に行こうとして、道端にしゃがみ込んで泣いている男の子を見つけたことを。おせっかいだった私は男の子を励まそうと、自転車の後ろに乗せて中学のグラウンドに連れていったことを。

「俺小さかったから、棚上は小学生だと勘違いしてたなあ」

「……それは失礼しました」

「俺は七時半くらいまでは起きてられたんだ。その代わり目が覚めるのも遅くて、外に出て身体を動かすのは朝眠る前が多かったかな。その日、散歩中に突然絶望が押し寄せてきちゃったんだろうな。このまま夜が続くことに。その場にうずくまって泣いてたら棚上が俺を見つけてくれた。ずっと夜にいる、朝が来ないって泣いてる俺に棚上が言ってくれたんだよ」

朝日に照らされた篠村の顔が、あの日の小学生と重なる。

「旭って名前、綺麗だね……？」

私は頭に浮かんだ言葉をそのまま口に出した。

「お、完全に思い出したな？　そうそう、それも言ってくれた」

篠村は嬉しそうな声を出すとまた空を見た。朝日が見える。

「ずっと夜から連れ出してほしかった。あの日、棚上が夜から俺を連れ出してくれて。ずっと俺は棚上みたいになりたくて頑張ってたんだよ」

「そうだったの……」

線香花火の日に篠村が話していた人の正体に気づいて身体が熱くなる。身体に目の前の太陽が入り込んでしまったのかと思うくらいに。

私が篠村を過去に救っていた、なんて。

そしてそのときの言葉に今私が救われている、なんて。

「頭そんなよくなかったけど棚上と同じ学校入れるように頑張ったし、高校デビューも頑張った。今の自分なら話せるかもって、夏休みに花火大会誘おうと思ってたら、急に棚上休み始めて。先生に聞いても濁すから、もしかしてと思って真夜中ルームに何回か行ってみたんだ」

「待って。それって篠村、ずっと私のこと気にかけてくれてたの」

私の質問に頷く篠村の顔は朝日みたいに赤い。

「俺知ってるから、ひとりの夜のしんどさを。なにかしたかったけど昼の人間とは過ごしてくれないと思って……嘘ついてごめん」

私は首を振った。篠村の予想通りだからだ。あのときの私はすべてが卑屈で、同情なんていらないときっと断っていた。たとえそれが過去に昼夜逆転を経験した人でも。昼と夜の住人は違うと思って。

「でも詰めが甘いよ。私の友達、サッカー部の先輩の彼女なんだから」

「うわーそこからバレたか。なんで俺の話を。——もしかして棚上が俺の話してくれたの？」

「あはは、してない。篠村は自分が思っているより何倍も今人気者なんだよ」

「え？」

篠村は不思議そうな顔をしているから私はまた笑った。

「篠村、一緒に夜を過ごしてくれてありがとう。……明けない夜はない、かあ。過去の私に少し救われるとはなあ」

空はだいぶ明るくなってきていて、もうオレンジは見えなくなっていた。薄い水色が広がっている。

学校は、社会は、これからもずっと怖くて手探りで進むしかない。人とのコミュニケーションはなにが正解かはずっとわからない。何百回も言葉を呑み込んでしまうだろうし、悩んだ末の言葉でも誰かを傷つけてしまうかもしれない。

だけど朝は美しく平等に訪れる。

「昼夜逆転治るのかなあ。篠村はいつ治ったの？」

「二年生になる春休み」

「半年くらいかかったのかあ。そうすぐには治んないかもしれないよね」

篠村は義務教育の中学生だったけど、単位のある高校生活は困ることもありそうだ。もし半年も休んだらどんな影響があるのかけっこう怖い。でも現実的なことを考えられるようになっただけで、一歩前進だ。

「そうかもな」

「でも朝をこれからも見たいな」

私は立ち上がってうーんと伸びをした。篠村も立ち上がって真似をする。私より
ずっと高くなった背。

「棚上がよければ、これからも一緒に夜を過ごしたいんだけど。どうかな？」

「約束の海、行きたい」

本音をこぼすと、篠村の「行こう！」と嬉しそうな声が返ってきた。

「でもいつか昼にも行って思いっきり泳ぎたい！」

「行けるよ。行こう」

「篠村と、行きたい」

明るくなった空を見つめて深呼吸する。夏の朝の匂いだ。

なごやかに息をする　雨

いつもより目覚めが悪い朝だった。なんとかしたくて、普段学校につけていくものとは違う色のリップをつけることにした。ブラウンに近い、ダークな赤。少し前に誕生日に幼馴染《おさななじみ》からもらったもの。香りも発色も私好みでとても気に入っているから、なくなるのがもったいなくて、大事な予定やイベントのときにしかつけないようにしていた。

パッとしない一日でも、お気に入りのリップをつけたことで少しでも明るいものになればいい。

そうして平穏を願うだけの一日が、また今日も始まる。

「てか菜月《なつき》ちゃん聞いてぇ」

昼休み。友人の橋田茉莉奈《はしだまりな》が、お弁当の卵焼きを箸でつつきながら口を開く。茉莉奈とは一年生のときに席が近かったことをきっかけに、行動を共にするようになった。

「聞く聞く。どうしたのぉ」

語尾をあえて茉莉奈に寄せながら返事をして、話の続きを待つ。

「昨日彼氏から半日も返信来なかったの。ありえなくない？　夜中に『ごめん気づかなかった』ってさあ。スマホ見てないわけないじゃんね。確信犯だと思うんだけど」

「うーんそうかぁ。でもさ、もしかしたら本当に気づいてなかっただけかもじゃない？」

「えぇ～？　寝るかゲームするかTikTok見てるかの三択しかない男だよ？　絶対それはない！」

「あー……じゃあよくないか」

「でしょ？　あーあ、なんでいつもあたしってこうなんだろう。もっとあたしを大切にしてくれる人を好きになりたいよ……」

恋人のことを考えるように頬杖《ほおづえ》をついた茉莉奈が、口を尖《とが》らせている。

数秒間の沈黙で、私は思考を巡らせた。

茉莉奈は基本的におしゃべりだ。だから、私が話題を振らなくても会話は続くし、次から次へと新しい話題が出てくる。彼女が黙るときはだいたい、スマホをいじっているときか、私の話にまったく興味がないときか、私から欲しい言葉が来るのを待っているとき。

「茉莉奈、可愛《かわい》いのにね」

今回の場合は、私の言葉を待っているパターンだ。ね、と言葉の意味を強めるようにもう一度言うと、「菜月ちゃんだけだよ、いつも褒めてくれるの」と機嫌がよさそうに言う。

よかった、間違えていなかったみたいだ。

「絶対ほかにもいい人いるよ。他人事みたいに聞こえるだろうけど」

「えーやっぱりそう思う？　でもあたしもね、なんか最近好きかわかんなくなってきたっていうか。ほら、返事遅い人無理だしさ」

「レスの速さの感覚って大事だもんね」

「そう言う菜月ちゃんもけっこう返事遅いけど？」

「許してよぉ、苦手なんだもん」

申し訳なさそうに眉を下げて小さく笑ってみせると、茉莉奈は呆《あき》れた表情を浮かべながらも笑っていた。

「あー。今日はまだ当たらないかなぁ？　数学」

「昨日山田《やまだ》さん当たってたよね。五十音一周したら菜月ちゃん危ないかも」

「うわー、まじかぁ」

午後一番に控えている数学の授業。先生は絶対に五十音順にしか当てないから、自分が当たる日はだいたい想像がつく。私の苗字は市井《いちい》だから、今日は当てられる可能性が高い。答え確認しておかないとなあ、などと考えていると、「あたしさぁ」と茉莉奈が声のトーンを落として言った。この声になるときはだいたい、人には安易に聞かせられない話をするときだ。

「あの子苦手なんだよね」

「あの子？」

「ほら、なぁんか協調性ないっていうか。いつもひとりだしさ」

茉莉奈の視線が、教卓の目の前の席に座る女子生徒、山田泉美《いずみ》に向けられる。それは、〝あの子〟が彼女であることを指していた。名前をあえて声には出さないところに、茉莉奈の感情が込められているような気がした。

「こないだね、あたしの友達が失恋しちゃったのね。それで、泣いてるからトイレで話聞いてたの。そしたらあの子が来てさ、なんて言ったと思う？『会話筒抜けだからここで話すのやめたら？あと扉の前にいられると邪魔』って」

「うおー……言うね」

「心ないよね。だから友達いないんだよって思ったもん」

バカにするような、蔑《さげす》むような目で見つめる先には山田さんがいる。音楽を聴きながら本を読む彼女の後ろ姿は凛々《りり》しかった。茉莉奈が声のトーンを落としても落とさなくても、きっと私たちの会話なんて聞こえないだろう。

山田さんが人と行動しているところを見たことがない。部活動に入っているかどうかもわからない。ただいつもイヤフォンをしていて、本を読んでいる。彼女のことはよく知らないけれど、彼女は意図的に友達を作っていないのかもしれない、と思った。

当然、茉莉奈のような人とは馬が合わないだろうし、学校という狭い箱の中で同級生にはっきり『邪魔』と言うくらいだから、慣れ合うくらいならひとりがいい、などと思っていそうだ。

「やっぱさ、協調性って大事だよねぇ」

「……そだねぇ」

角が立たないようにやんわり同意する。そこに私の意思はない。

「てか菜月ちゃん、今日リップいつもと違くない？」

「あ、そうなの。幼馴染にもらったんだけ――」

「あたしはいつものやつのほうがいいと思うけどなぁ。菜月ちゃんは暗い色より明るいほうが似合うでしょ絶対！」

茉莉奈に言い切られて、私は言葉を呑《の》み込んだ。茉莉奈がそう言うなら、彼女の前ではそうであるべきなのだろう。「今日だけたまたまだよ」となんとか返すと、茉莉奈は興味なさそうに相槌《あいづち》を打っていた。

視界の端で、山田さんが姿勢正しく本を読んでいる。

彼女のことが私は羨《うらや》ましかった。必要なものしか映さない視界に憧れていた。私に一番必要なものを、あの子はもうとっくに持っている。

「やべー、ギリ間に合ったわ」

あと数分で昼休みが終わろうとしていた。茉莉奈が自分の席に戻り、私も次の授業の準備をする。そのタイミングで、教室の扉が開き、ひとりの男子生徒が入ってきた。どうやら、クラスメイトの依田颯馬《よだそうま》が、この時間になってようやく登校してきたらしい。いつも彼と行動を共にしている男子たちが「いや間に合ってねーだろ！」と笑いながらつっこんでいる。

短く切られた髪は、後頭部がところどころ跳ねている。きっと寝ぐせだろう。

校則だとブレザーを着なければいけないはずなのに、依田は今日も、いつものパーカーを羽織っていた。先生と『ブレザーを着なさい』『動きづらいから嫌っすよぉ』というやりとりをしているところを何度も見たことがある。衣替えが始まるまで、暑くても寒くても校則を守ってブレザーを着ている私からすれば、依田のような自由な人間はとても遠く感じてしまう。

「おまえ今日もう来ないんかと思ったわ」

「俺がそんなことするわけないでしょうが。俺せんせーに午後から出るってちゃんと電話したもん」

「だはは っ、嘘《うそ》つくなって！」

「嘘じゃねーっての！」

堂々と遅刻してきても、依田はへらへら笑っていた。悪いことだとはこれっぽっちも思っていないような態度だった。

依田が、近くの席の生徒におはよーおはよーと雑に言いながら自分の席につく。

私の、隣の席。

「おはよー市井」

誰とも違わない雑な挨拶を向けられた。席が隣同士の私と依田は、毎日絶対にこの挨拶をする。

「おは。依田さ、エグくない？　この時間の遅刻」

「だからぁ、俺はちゃんとせんせーに電話したんだってば。聞いてみろって、偉大なる先生様に」

「めんどくさーい」

「じゃあ不戦敗で俺の無実が証明されたわな」

依田は、休み時間に教室の後ろを陣取っている男子グループに属しているひとりだ。そのグループはクラスの中ではいわゆる一軍に位置していて、教室での授業は睡眠学習のくせに、体育の授業や体育祭のときだけやたらやる気を出す人ばかりが集まっている。

ほとんどがサッカー部の生徒でできた輪の中で、帰宅部なのは依田だけだ。きっとバイトでもしているのだろう。これはあくまで私の予想であって、本人から聞いた話ではまったくないし、この先もなにかきっかけがない限り聞くことはないけれど、特別親しくなくたって人物像なんてだいたい想像できる。

実際、依田はホームルームが終わると誰よりも早く教室を出るのだ。

「てか待って。俺今日当たる日じゃねえ？」

「なにが？」

「数学。昨日山田だったじゃん、最後」

「確かに。じゃあ当たるね」

「終わったわ、課題やってねー」

遅刻すること、バイトをしているかもしれないこと、課題をやってこないこと。

全部、私が想像している依田の人物像と一致する。

「見せたげる？　合ってるかわかんないけど」

「まじ？　いいの？」

「いいよー。お礼はいつでも」

「お礼は自分で請求するもんじゃねーですぜ」

「冗談」

「ありがたく借ります」

「うぃ。どぞどぞ」

友達の話に同意すること。相手が望む言葉を察して与えること。わざと語尾を伸ばいための最適解だと私は思うわけである。

合っているかはわからない。けれど、人物像は自分で作っていくことが、失敗しな
して口調を和らげること。隣の席の人に課題を見せること。

「それさー、疲れないの?」

時刻は二十時を回った頃。自宅から歩いて五分ほどのところにある地元の居酒屋の隅で、私はオレンジジュースを啜《すす》っていた。

私の話を聞いた幼馴染の胡桃《くるみ》が不思議そうに——いや、呆れたように問いかける。

「疲れるっていうか、自分がなんなのかわかんなくなる」

「うわあ。絶対もうやめたほういいって」

「わかってるんだけど、嫌いなわけじゃないしなぁ……。それにイメージって、一回そうなったらもう払拭できなくない?」

「なぁに言ってんの。自分でそうしたんでしょ」

胡桃にそう言われ、ぐうの音《ね》も出なかった。

入学してすぐ、茉莉奈が声をかけてくれた。派手な見た目の彼女が自分とは系統が違うことはなんとなく察していたけれど、高校で初めてできそうな友達を逃すほど私は強くなかった。結局、二年生にあがった今でも、離れることなく一緒に行動を共に

し続けているわけである。

　茉莉奈のことが嫌いなわけじゃない。少し価値観が合わないだけだ。だから、合わない部分からは目を背けておけばいい。興味のない話にもそれなりにリアクションをしておけばいい。少し疲れるときもあるけれど、べつに苦痛じゃない。

　たった三年しかない学校生活を平穏に送るために、私は少しだけ自分を隠しているだけだ。

「なぁんか、菜月のは寄り添いじゃなくて諦めだよね」

「諦め、ねぇ……」

　この居酒屋は胡桃の両親が経営していて、ひとりっ子で両親が共働きの私は、昔からよく遊びに来させてもらっていた。言わば、私の第二の家だ。両親同士の仲がよく、家からも近いため、この時間でも気兼ねなく来ることができている。週末はそのまま泊まっていくこともしばしば。ほかに予定がない放課後は、ほとんどここで過ごすようにしている。

　胡桃とは高校から離れ離れになったけれど、私たちのスタイルは子供のときから変わらないままだ。

「卒業までこのままって……しんどくない？」

「でもまあ……胡桃が話聞いてくれてるし」

「それだけじゃん……。そうじゃなくてさ、同じ学校にひとりくらい心許せる人がいたらいいのにってこと」

「今さら無理だと思うなぁ……」

ここだけが、私が唯一対等に人と話せる、大好きで大切で、必要不可欠な場所。地元の居酒屋だから、同じ学校の人と遭遇することもなく、安心して心の内を明かせる。

ここがあるから、胡桃がいるから、私はなんとかやっていけている。

それくらいでいい。

どうせ、関わるすべての人間とわかり合うことなんて不可能なのだから。

胡桃の父親が料理を作り、母親が接客をして成り立つ居酒屋は、混んでいる日は胡桃と私もバイトとして手伝うこともある。今日のように客足が落ち着いている平日の夜は、店の一番奥にあるテーブルで課題をしたり、こうして語り合ったりしている。

私たちが座るテーブルからは、店内がよく見渡せた。豪快にご飯をかき込む人もいれば、なにかに耽《ふけ》るようにお酒を飲む人もいるし、頬を赤らませながら、友人と楽しそうにおしゃべりをする人もいる。

自分で稼いだお金でたらふくご飯を食べようと、浴びるほどのお酒を飲もうと——好きな色のリップを塗ろうと、口を出してくる人はここにはいない。

大人は自由だ。

大人には大人の苦労があることはわかっているつもりだけど、それでも、学校よりは格段に自由でいられるんじゃないかと思う。

「いいなぁ。早く大人になりたい」

こぼれた本音に、わかるー、と胡桃が笑う。

「でもさぁ、大人になったら、あのときに戻りたいって絶対言うんだよ。お母さんがよく言うの、『若いうちは自由よ』って」

「そうかなぁ。でも私、戻りたくなるような思い出ないし。大人は、いろんなことを割り切れていいなって思う。人間関係もあっさりしてるっていうか……そう見えるだけなのかもしれないけど」

いろんなことを、もっと上手に割り切れるようになりたい。

茉莉奈に対して小さなモヤモヤを抱え続けているのは、本当はこの現状に納得できていないからなのだと思う。周りの歩幅に合わせすぎて自分を見失ってしまいたくない。そう思っているはずなのに、私はなにも変えられない。

学校に楽しさを覚えなくなったのはいつから？

早く卒業したいと思うようになったのはいつから？

私の学校生活には、中身がない。きらきらした青春も、忘れられない時間も、ふとしたときに耽るほどの思い出も、なにもないのだ。

一度しかない高校時代を、私はずっとこのまま過ごしてしまうのだろうか？

考えてみて、嫌だと思った。けれど、もう今さらだ。

「その山田さん？に声かけてみたらいいじゃん。仲よくなりたいんでしょ？」

胡桃が言う。私は、無理だと即答した。

「どうせ私なんて空気にしか思われてないし。山田さんは多分私みたいに、思考と行動がバラバラになったりしない。てかなんか嫌われてそう」

「話したこともないのにわかんないじゃん？」

「いや、わかる……。だって、全然違うもん」

山田さんの持つ雰囲気も、態度も、発言も、なにもかもが私とは違う。憧れるのが恐れ多いほどに、だ。

「まあ、もうしょうがないんだよ。私が作った環境だから自業自得」

「……このままだといつか爆発しちゃうよ？」

「ね。あーあ……私って最悪だ」

私は、こんな自分のことが嫌いで仕方ない。

「ごめんね、今日送っていけなくて。本当にひとりで大丈夫？」

「大丈夫だよ。すぐそこじゃんか」

「そうだけどさ……今どき怖いじゃん。家着いたら連絡入れてね」

胡桃の家を出たのは二十二時半を過ぎた頃だった。泊まらずに帰るときは、いつも胡桃の家族が送ってくれるけれど、今日は仕事から手が離せなかったようだ。どうやら、明日は団体の予約が入っていて、仕込みが大量にあるらしい。

胡桃に見送られて、私は店を出た。五月の夜は、夏が近づいている匂いがする。

去年の今頃はまだこんなふうに自分を嫌ったり、誰かの歩幅に合わせすぎたりすることがなかったはずなのに、たった一年で私はこんなにもいろんなものを諦めてしまった。

三年生になったらクラスがバラバラになるかもしれない。そうしたら自ら入った檻《おり》の中から解放される。もし来年も同じクラスだったとしても、卒業したらどうせ今ある縁は自然と切れていくだろう。そうやってカウントダウンをして、自分が自由になれる日を待っている。

すべてを誰かのせいにして生きている気がして、自分にまた嫌気が差した。

人と話すことが嫌いなわけでも苦手なわけでもない。けれどいつも、心のどこかで、私は孤独を感じている。

学校の人と話しているとき、ふと考えることがある。

私が突然死んだら、この人はちゃんと悲しんでくれるのだろうか。心から悲しんで、弔《とむら》ってくれるだろうか。それは逆も然《しか》りで、私はこの人のために涙を流せるだろうか、と。

考えたって仕方ないことばかりをぐるぐる考えて、また落ち込んで、仕方ないと諦める。

こんな自分になりたかったわけではないのに、いつのまにか、もう自分ひとりではどうにもできなくなってしまった。

私はどうしたらいいんだろう。どうしたら、もっと自由に生きていけるんだろう。ひとりになったせいか、孤独と後悔が押し寄せて、歩きながら泣きそうになってしまう。

涙があふれてきそうで、うつむきがちになっていた顔を上げる。すると、見覚えのある人が視界の先に映り込んだ。

馴染みのある公園に、馴染みのない姿。

——あれは、依田だ。

依田はまだ私には気づいていないようで、ベンチに座ってぼんやり空を見上げていた。見間違いかもしれないけれど、一瞬だけ、依田が泣いているように見えた。

普段、この辺りで同級生と会うことはほとんどない。おまけにこの時間だ。私は家の近くだからまだ言い訳できるけれど、依田は補導されても逃げ道がない。

いつもの私なら無視していた。一緒に補導されるのはごめんだし、学校以外の場所で同級生に会うのは、土曜日に学校に行くのと近い面倒くささがある。

「依田」

だから、わざわざ依田のところへ出向いて自分から声をかけたことが自分でも不思議でならなかった。

「なにしてんの？　こんな時間に」

私が知っている依田とは違う。なんとなくいつもの明るさや元気がない。

私の声に気づくと、依田は「おー」と少し驚いたような反応を示した。まとっていた雰囲気が、一瞬で切り替えられた気がした。

「市井こそ。こんなところでなにしてんの？」

「質問返しはモテないよ」

「俺がいつもモテたくてしゃべってると思ってんのかおまえは」

「うん」

「うんって」

あんまバカにすんなよ？と言いながら依田が笑う。

「俺は散歩」

「散歩なんかするんだ」

「なんかってなんだよ。散歩めちゃくちゃいいんだぞ体に」

「健康モチベだるいって」

流れるままに、私は依田の隣に座った。依田の視線が私に向けられているのを感じる。『おまえは？』と聞かれている気がした。

「私はねー、友達の家から帰るとこ」

「ふうん」

「幼馴染なんだけどさ。昔からけっこうお世話になってるんだよねぇ。週に何回も会ってるのに話すことばっかりなのすごくない？」

「すごい。てか女子って一生話してるよなホント。あれなんなの？」

「女なんて共感されたいだけの生き物だからじゃない？ていうか、男だってずっとバカなことばっかしてるじゃん。あれこそなんなの」

「えー……生まれ持った性《さが》？」

「意味わかんない」

けたけたと笑ってみせると、依田も笑った。

依田と私はただのクラスメイトで、席が隣同士なだけで、必要以上に会話を交わすことはない。あくまで〝学校〟という枠の中で、雑な挨拶をし、適当な相槌を打つだけ。

だから、お互いの心情や置かれている状況はこれっぽっちも知らない。

それでも感じていた。私が話しているのは、いつもの依田なのに、いつもの依田じゃない。私が知っている依田は、もっと上手に笑うはずなのだ。

「依田さぁ、なんか元気なくない？」

なんとなく問いかける。

茉莉奈と行動を共にしたこの一年で、相手の望む言葉を与えるのは得意になったほうだ。茉莉奈はよく、大げさなほどに落ち込んでいたり、わかりやすく不機嫌なときがある。そういうときは、きちんとそのことに触れてあげるほうがいいと知っている。だから、依田もそうなんじゃないかと思った。「大丈夫？」と付け加えると、数秒の沈黙のあと、依田は「べつに普通だよ」と言った。

「市井こそ」

「え？」

「おまえ、大丈夫？」

依田にそんなことを聞かれるなんて思わなかった。

——おまえ、大丈夫？

大丈夫だ、私は。うまくやっていけている。抱えている不安も孤独も寂しさも、どうせいずれ消えてくれる。だから大丈夫、大丈夫になる。

「……大丈夫に、なれるかなぁ」

——大丈夫って、そもそもなにが？

自問自答を繰り返し、こぼれたのはらしくないそんな言葉だった。

「さあ。なれるかねぇ」

「……私もわかんないの。でも、大丈夫なんだけど、多分本当は大丈夫じゃないって
いうか……意味、わかんないよね」

「うん。でもさ、そう言うってことは大丈夫じゃないってことだろ」

今日依田に会ってから、私はちょっと変だ。いつもなら絶対にしないことをしたり、
絶対言わないことを口走ったりしている。

「ねえ依田」

夜の静かな雰囲気がそうさせているのだろうか。

「今日聞いたこと、誰にも言わないでほしいんだけどさ」

「うん」

「……なんかもう、疲れちゃったんだよねぇ」

まるで独り言のようにこぼれたそれが本心だったのだと、自分で言っておいて驚い
てしまった。胡桃に『疲れないの？』と聞かれたときははっきりと肯定しなかったの

に。

「自分のこと、全然好きになれないの。本当に好きなものを好きって言えなかったり、なんでもすぐ諦めちゃったり。でもその状況作ったのって誰に強要されたわけでもなくてさ、私なんだよね。山田さんとかすっごくかっこいいじゃん」

「わかるわ。かっこいいよな山田」

「うん。なんか私、今全然学校楽しくない。……でもひとりになりたくないから自分の意思とか意見とかなくて、結局毎日同じことの繰り返し。価値ある？って思っちゃう。私いる意味ある？みたいな」

胡桃以外の同級生に、自分の弱い部分を打ち明けるのはこれが初めてだった。ましてや同じ学校の人にこんなふうに自分の話をすることなんてこの先もないと思っていたから、相手が茉莉奈でも先生でもなく依田だったことが、不思議で仕方がなかった。

それでも、依田は丁寧に相槌を打ちながら私の話を聞いてくれていて、決して蔑《ないがし》ろにはしなかった。

「ごめん。こんな話急に聞かせちゃって」

「謝ることじゃないし。てかもう今さらいい子ぶんなよ」

「今さらって……」

「だって市井、ホントはそんなんじゃないんでしょ」

夜の優しい風が吹く。そう言われ、また泣きそうになった。

「俺は、そっちのほうがいいと思う。学校での市井、なんか嘘くさいもん」

「なにそれ、依田に言われたくないんだけど」

「えぇ……」

依田だって、どうせホントはそんなに明るい人間じゃないくせに。

心の中でそう思いながらも、あえて口にはしなかった。

「市井、あのさ」

依田がおもむろに口を開く。うん、と相槌を打ち、続きを待つ。

「俺今日遅刻したじゃん」

「うん」

「市井は、本当に俺がただ遅刻したって思う？　寝坊して間に合わなかっただけだって思う？」

依田がどうして急にそんな質問をしてきたのか、意図はわからなかった。

依田の瞳が揺れている。依田は、なにに対して不安を抱えているんだろう。

「……そう聞いてくるってことは、ちゃんと理由があったんでしょ」

「ハハ、優しー」

「違うよ。私は察するのがうまいだけ」

依田はその質問の意味は教えてはくれず、答えだけをくれた。

「親の病院に付き添ってから来たから遅刻した。先生にはちゃんと電話してたよ」

「……そうなんだ？」

「でも市井が……みんながイメージする俺は、そんなことするはずないんだよな」

依田が、遠くの一点を見つめながらぽつりとこぼす。

「全部適当で、いつもへらへら笑って、遅刻したことなくたってそういうことを平気でする人間に見られてる。なに言ってもネタみたいになるのが、〝俺〟なんだよなぁ」

「……そうなのかな」

「俺が今死んだって、みんな冗談だって思うのかな？」

そのとき初めて、今日依田に対して抱えていた違和感がなんだったのか、少しだけわかった気がした。

時刻はすでに二十三時を回っていた。随分と長く話しすぎていたようだ。どちらともなくベンチから立ち上がり、互いに目を合わせる。

「送ってくわ。家どこ？」

「依田には教えない」

「だるいから早く案内してくれます？」

「女の子にだるいとか絶対言っちゃだめだよサイテー。五点減点ね」

「なんのポイントから引かれてんだよそれは」

結局その日は、依田が家まで送ってくれた。


「おはよー市井」

「おはよ。眠そうだね」

「昨日寝れなくてさ。ハリポタ観始めたら寝るタイミング逃した」

「長いよね。長いやつ三時間とかあるし」

「そう。でもおもろいんだよなぁ。魔法使えたら、もっと生きやすかったかもな」

あの夜を境に、私と依田は今まで以上に話をするようになり、雑な挨拶と適当な会話で終わっていた朝は交わす言葉が増えた。

「市井は？　昨日あの時間から課題やったんでしょぉおまえ。終わったん？」

「終わらせた。私は依田と違って課題やらずに来たことないもん」

「俺は空欄が多いだけです」

「バカってこと？」

「チクチク言葉やめろ」

「チクチクじゃないし。ストレート悪口だし」

「じゃあもっとやめろよ絶対」

最初は偶然会っただけだった。けれど、どちらかが提案したわけでもなく、いつのまにか夜の公園で落ち合うようになっていた。胡桃の家からの帰り道、公園で散歩途中の依田と話をしてから帰る。たったそれだけの時間が、私はとても楽しみだった。

今まで胡桃の家族に送ってもらっていたので、彼女にだけは依田のことを話さざるをえなかったのだが、『同じ学校に心許せる人できてよかったじゃん』と、胡桃はとても嬉《うれ》しそうにしていた。

依田と関わるようになってから、変わったことがいくつかある。

まず、学校を以前より楽しいと感じるようになったこと。厳密には、楽しいというより苦ではなくなった、と言うほうが正しいのかもしれない。

茉莉奈との関わり方は変わらないし、山田さんのことも羨ましいままだ。それでも以前の私からしてみれば、この気持ちの変化は快挙だと思う。紛れもなく、依田のおかげだ。本当の自分を知ってくれている人がひとりでもいるだけでこんなにも心持ちが違うなんて知らなかった。

「依田、あのさ」

「おう」

「えっと……いや、えーっと」

「なんだよ」

「……魔法使えるなら、なにがいい？」

それから、依田のことをもっと知りたいと思うようになったこと。

「ぶはっ、なんだそれ」

「い、いいじゃんべつに。教えてよ」

好きな食べ物でも、嫌いな授業でも、使いたい魔法でもなんでもよくて、依田にまつわるいろんなことを、できるだけ多く知っておきたかった。

「うーん……あ、あるわ。リクタス……リクタスなんとかってやつ」

「私それ知らないかも」

「くすぐって笑わせ続ける呪文なんだけどさ。やべー、呪文ド忘れした」

「その魔法いつ使うの」

「えー、授業で当てられたときとか？」

「あはは。使い道しょうもなさすぎ！」

「いやでもまじで、俺けっこうこれ使えると思うんだよなあ。空気読まなきゃとか、これ以上この話したくないなみたいなときにめちゃくちゃいいじゃんか」

依田がときどき見せる、不安や弱さの片鱗《へんりん》を見落とさないようにしたい。私が本音を打ち明けたとき真剣に聞いてくれた依田に、私も同じだけ寄り添いたい。

「……そう言われたらそうかもね」

「だーろぉ。ま、魔法なんて幻想だから楽しいんだろうけどさ」

自己満なのかもしれないけれど、自分が確かに救われた分、依田が不安でつらいときに少しでも力になりたいのだ。

視点を切り替えると、いろんなものが見えてくる。

例えば、依田がクラスメイトと話しているとき。依田は基本的に表情が柔らかくて誰に対しても平等だから、よくも悪くも感情がわかりにくいけれど、観察していると、今のは言われて嫌だったことなのかもとか、この言葉は言われて嬉しかったんだろうなとか、そういう小さな変化に気づくようになった。

それから依田は、よく〝たられば〟の話をする。〝魔法が使えたら〟なんてものはまだ可愛いもので、〝俺がもっと信頼される人間だったら〟とか〝俺が俺じゃなかったら〟とか、どう考えても前向きには聞こえないこともときどきこぼすのだ。

『みんながイメージする俺は、そんなことするはずないんだよな』

あの夜依田が言っていた言葉が脳内で反芻《はんすう》される。

私が持つ依田のイメージは、帰宅部で、帰るのが早くて、クラスの中心グループの中にいて、誰にでもフラットに笑いかける。特別大きな悩みなんてなさそうで、青春を謳歌《おうか》していそうな感じだ。私には、明るくて眩《まぶ》しい。

そんな依田は、全部私たちが作り上げたイメージなのだろうか。

それとも、私のように自分自身で作り上げたものだろうか？

依田のことがもっと知りたい。もっとちゃんと依田のことを理解していたい。

私がそう思っていることを、依田は知らない。

「そういう市井はなんかないの？　使いたい魔法」

依田はどうやらかなり、魔法が好きらしい。依田が昨晩観たという映画は、私も一応全シリーズ観たことがあるけれど、依田は何度も観返すくらい好きなようで、登場人物全員の名前や魔法の種類を全部覚えていそうなほど詳しかった。しかも吹替じゃなくて字幕派らしく、これもまた、私がイメージしていた依田とはかけ離れていた。

依田からの問いに、私は覚えているだけの魔法を思い出す。シリーズは全部観ているとはいえどんな魔法があってどんなときに使うかを人と語り合えるほど私には知識がなくて――と、そこまで考えて、ひとつだけ思い浮かんだ魔法があった。

「あの、光灯すやつ。あるよね？　杖がライトみたいになるの」

「あーある。でもなんでそれ？」

この魔法が使えたら、夜に待ち合わせるとき、暗がりの中でも依田のことを見つけやすくなるかもしれないから。

「……いや、べつに。今思い出したのそれだけだったから」

「はは。テキトーだなあ」

なんて、依田には言えるわけがないのだけれど。

「菜月ちゃんおはよー」

依田と話していたところに、聞き慣れた声が割ってくる。

「……茉莉奈。おはよ」

「うわ、また依田いる」

「隣の席だしそりゃいるだろ」

茉莉奈は依田の言葉を軽く流し、「てか聞いてよー」と自分の話を始めた。予鈴が鳴るまではあと五分ある。本当はもっと依田と話していたかったけれど、それを茉莉奈に言えるわけもなく、意識半分で私は茉莉奈の話を聞いていた。

「あ。てか菜月ちゃん、前髪ちょっとヘンじゃない?」

ふと、茉莉奈が私の前髪に視線を移して言う。

「え? あー、今日朝ぎりぎりだったから跳ねてるかも」

「もー、だめだよちゃんとしないと。いつも可愛い菜月ちゃんでいてよ」

茉莉奈はいつも容姿に厳しい。前にリップの色を指摘されたときもそうだったけれど、面と向かって言われると決していい気分はしない。

茉莉奈がどんな私をイメージしているかわからないけれど、本当の私はもっと雑で、適当なところがたくさんあるのだ。『いつも可愛いい菜月ちゃんでいて』って、なんだろう。私は私のために身だしなみを整えているだけで、茉莉奈に褒められたいからじゃないのに。

「えっと……ごめん」

また、言えない。私はいつも、場の空気を壊さないための発言しかできない。

「次から気をつけ――」

「俺も寝ぐせやばいときあるけどな～全然」

次から気をつけるね。そう言おうとした私の言葉を遮って、隣の席に座る依田が言った。頬杖をつきながら、依田はなんてことなさそうな顔をしている。

「は？　依田に言ってないし」

「前髪跳ねたくらいでそんなん言われんの、女子って大変」

「大変に決まってるじゃん。毎日早く起きてメイクしたりしてるんだからね」

「それは尊敬するけどさ。橋田の基準が高すぎて、市井はそこまでじゃないかもしんないよな。知らんけど」

「はあ？　てか女子の会話に入ってくるとかありえないから。今あたし菜月ちゃんと話してるんだから邪魔しないでくれる？」

「橋田が来る前までは俺が市井と話してたよ」

「そんなの知らないし。ウザ」

茉莉奈は多分、依田のことがあまり好きじゃないのだと思う。ほかの男子と話しているときはこんなに言い返したりしないのに、いつも依田にだけあたりが強いような気がする。茉莉奈はクールで大人っぽい人が好みだってよく言っているから、恋愛対象に入らない依田には優しくする必要がない、と考えていそうな感じもある。

ふたりの言い合いには入っていけないまま、予鈴が鳴った。

「あーもう、予鈴鳴っちゃったじゃん依田のせいで！」

「俺かよ」

「そうだよ！　菜月ちゃんまたあとでね!?」

「え、あ、うん」

依田に理不尽に噛《か》みついたあと、茉莉奈は怒りながら自分の席に戻っていった。

「依田、ごめん……ありがとう」

「べつに謝られることも感謝されることもしてない。市井の前髪跳ねてるのだって言われてから気づいたし、てか言われてもべつに気にならないんだけど、だから俺ってだめなんかな？」

依田はだめなんかじゃない。だめなわけが、ない。

「依田は、依田のままでいいよ」

私にとって、依田は光のようなものだ。魔法なんかよりずっと強くて眩しい。それはイメージじゃなくて、依田と関わってから知った事実だ。

「じゃあずっとモテないわな。あーあ」

「いいじゃんべつに」

「市井」

「ん？」

「市井も、市井のままがいいよ」

依田と話していると、茉莉奈の無意識に刺された棘《とげ》が嘘みたいに溶けていく。

「……依田も、なんか今日髪の毛跳ねてるね」

「あのさ？　俺はセットしてあえてそうしてんだよね？　寝ぐせじゃねえんだわ」

「へえー」

「雑な返事やめろ」

やっぱりあの夜、会ったのが依田でよかった。そう思った。

「菜月ちゃん、最近依田とやたら仲いいのなんで？」

数日後の昼休みだった。いつものように私の席に集まってお弁当を食べていたとき、頬杖をつきながら、茉莉奈がふと私に問いかけた。

「今までより距離近いじゃん？　よく話してるしさー。依田、菜月ちゃんのこと狙ってたりして」

「え？　いや……隣の席だからじゃない？」

「ホントにそれだけ？」

からかわれているような気がして、いい気分ではなかった。それだけだよ、と言っても、茉莉奈は根掘り葉掘りしつこく聞いてくる。

「菜月ちゃんも水臭いじゃん。言ってくれたら相談乗るのに」

相談ってなんの？　本当は茉莉奈の話に一ミリも興味がないことも、私がいい子ぶっているだけのことも知らないくせに、私にどんな助言ができるというの。

教えたくなかった。依田と話した夜のことも、私が依田をもっと知りたいと思っていることも、茉莉奈には絶対に言わないと心に決めていた。私にとって大切な記憶は、私の中で大事にしまっておきたかったの。

「うん、でもホントにそういうんじゃないからさ」

「なんだ。つまんなぁい」

内心思うことはいろいろあっても、私はいつもそれを口にはしない。茉莉奈の中でできあがっている私は、そういうキャラじゃないから。だから今も、モヤモヤしながらも茉莉奈の言葉をやんわり否定するだけにとどめる――つもりだった。

「まあでも、あたしは依田みたいな男あんまりだなー」

私にだけ聞こえるように茉莉奈が言う。目が合うと、「ねえ?」と同意を求められた。

依田は食堂に行っていて、隣の席は空いている。

「なんとなくだけどさ、依田って流されやすそうじゃん。いつもへらへらしてるし、彼女できてもいろんな配慮がなさそうな感じ。あ、だから依田ってずっと彼女いないのかな? あと、帰宅部なのもちょっとなー。彼氏にはなんでもいいから運動部には入っててほしいし。なんか、ちょっと残念だよね」

私が言葉を発する暇も与えないくらい、茉莉奈が口を動かす。ふつふつと、自分の中に知らない感情がこみ上げてくるのがわかった。

「……めて」

「え?」

「やめて。なにも知らないくせに勝手な想像で決めつけないでよ」

自分のものとは思えない低い声に自分でも驚いた。ぴりついた空気に気づいたクラスメイトたちがチラチラと私たちに視線を向けているのがわかる。

「……え? え、なに? 菜月ちゃん怒ってる? どうしたの? 今まで怒ったことなんかないじゃん」

「べつに怒ってるとかじゃなくて、ただ私は……私は、」

言葉の続きが出てこない。どうして私は怒っているんだろう。どうしてこんなに、悲しい気持ちになっているんだろう。

依田はすごく素敵な人だ。私はちゃんと知っている。けれどもそれを、うまく人に伝える力がない。私は、自分の気持ちさえうまく扱えない。

「なんか菜月ちゃん……怖いよ？　いつもそんなんじゃないのに」

膝の上で握りしめた手のひらが痛い。ぎゅっと唇を噛みしめる。

まるで、私だけが悪者にされているみたいだった。

『市井、ホントはそんなんじゃないんでしょ』

この間依田に言われた言葉と同じ音なのに、こんなにも意味が違う。茉莉奈が見ている私は、本当の私じゃない。私は本当はもっと怒りっぽくて、わがままで、ずるい人だ。

本当は言ってしまいたかった。今まで一度も言ったことのない、茉莉奈に対する不満も本音も全部ぶつけてやりたかった。

「……あ、依田」

けれど、言えなかったのは――たまたまか、否か。

「橋田まだいたんかよ。もう予鈴鳴るぜ」

茉莉奈のつぶやきと共に、彼女の視線が私の隣の席に向く。学食でお腹を満たしてきた依田が戻ってきたようで、私と茉莉奈の間に流れる微妙な空気を切り裂くようにそう言って、茉莉奈を自分の席に戻るように促した。

「……言われなくても戻りますけど！」

「なんでキレてんだよ」

「依田ウザ！」

「いやだからなんで？　おまえ俺のこと嫌いすぎない？」

茉莉奈と目は合わなかった。結局、言いたいことのほとんどが言えないままその場は終了し、隣に座った依田も私になにか言ってくることはなく、何事もなかったかのように授業を受けていた。


鬱々《うつうつ》とした気持ちのまま下校時間を迎えた。いつもなら茉莉奈が『菜月ちゃん帰ろー』と声をかけてくるところだけれど、昼休みの一件があったからか、茉莉奈は私の席に来ることはなく、違うクラスの友達と帰っているのを見た。

べつに悲しくはなかった。あれだけひとりになることを怖がっていたわりに、案外あっさり受け入れている自分への驚きのほうが大きかった。

茉莉奈とはもうしゃべることはないかもしれないし、気分が変わって明日には話しかけられているかもしれない。

これからの高校生活がどうなるのか、現段階で想像することはできなかった。

「市井」

ぼんやり今日の出来事を思い返していると、ふと隣から名前を呼ばれた。

「依田まだいるの珍しいね。いつもすぐ帰るじゃん」

「おまえと帰ろうかなと思って」

「ん?」

「一緒に帰んね?」

「誰と?」

「俺と」

「なんで?」

「なんで……って、ぇー……市井に聞いてほしい話があるから」

依田がなにを考えているのか、私はいつもわからない。わからないから、知りたいと思う。近づきたいと思う。自分のことすらよくわかっていないくせに、依田に対して抱えるこの気持ちの正体だけはとても単純で、嫌でもすぐに気づけてしまうのはなぜだろう。

依田と肩を並べて帰る道は、いつもと同じはずの景色がまったく違うものに見えた。夏が近いせいか、はたまた緊張のせいか、頬が熱かった。

「昼休みのことなんだけど。依田、どこから聞こえてたの？」

昼間の出来事について、気になっていたことを聞くと、「ああ」と思い出したように依田が口を開いた。

「べつになんも聞こえてないよ。教室戻ったら隣の席で喧嘩《けんか》してるっぽかったから強制終了させただけ」

「そっか。……でも、助かった。あのまま私、茉莉奈に全部言いそうだったから」

「全部って？」

「思ってること。言われて嫌だったことも、笑ってごまかしてきたことも、今さら全部ぶつけそうだった」

ここにきて初めて胡桃に言われ続けていたことの意味を身をもって知った。このままだといつか爆発しちゃうよ。その〝いつか〟は、私にはまだ来ないと漠然と思っていた。

「依田のこと……、知らないくせに勝手なこと言われてムカついちゃった」

依田は不思議そうにしていたけれど、私の雰囲気から察したのか、「優しいじゃん」とだけ言った。

「なー市井」

少しの沈黙が訪れ、それから依田が私を呼んだ。

「うん」

「俺、本当はあの日死にたいって思ってた」

依田が静かに話し始める。そのとき初めて、依田の本当の声を聞いた気がした。

「死にたかったっていうか、厳密には消えたくなったっていうか。考えるの嫌になっちゃってたんだ」

依田の家は、母親と依田と妹の三人家族らしい。両親は依田が中学生のときに離婚していて、父親とはもう数年会っていないそうだ。

「俺って放課後すぐ帰るじゃん。あれさ、毎日妹のこと児童館に迎えに行ってて。母さんが仕事忙しいから、俺が家のことほとんどやってるんだよね」

俺の料理けっこううまいんだぜ?と依田が付け加える。重い空気にならないように気を遣ってくれているのだとわかった。

「だけどあの日の朝、母さんが急に倒れたんだよね。まあ結果的にはただの貧血だったから大したことなくて、午後から授業出たけどさ」

「うん……偉い。私だったら休む」

「俺、変なとこ真面目なんだよなー」

西日が依田の横顔を照らしている。依田は時折眩しそうに目を細めながら、話し続けた。

「中学のとき、俺もサッカーやってたんだよ。だから高校でも入りたかったんだけど、家のこと考えたらちょっと厳しくてさ。同じ中学のやつも何人かいるからよく一緒にいるけど。仕方ないことだけど、俺だけが知らない部活の話とか、部内の身内ネタとか、そういうのされるとしんどくなったりとかもして。俺だったらこういう配慮するなぁとかさ、そんなの俺の押し付けでしかないのもわかってるんだけど。そういう、考えたってしょうがないことばっかぐるぐる考えて、止まんなくなることもよくあった」

「うん」

「母さんが倒れたとき、思ったんだよね。今仲よくしてるみんなの中で、俺ってどんくらい意識してもらえてるんだろうって。俺が急に死んでも信じてもらえないのかもなー、とか」

――なに言ってもネタみたいになるのが、〝俺〟なんだよなぁ。

前に依田が言っていた。これまで持っていたイメージとはかけ離れた依田の話は、彼と話すようになった今ではこんなにも身近に感じられる。

「いろいろあった日だったから、妹はばあちゃんちに預けてたんだけど、ひとりになったら余計に自分が孤独で可哀想に思えてきちゃって。頭ん中整理する意味も込めて散歩に出た。――そしたら、市井と会ったんだ」

悩みなんてなさそうで、へらへら笑ってばかりで、なんでも適当で――なんて、全部嘘だ。

依田はこんなにも繊細で、いろんなことを考えて、なにかと闘いながら生きている。

「あの日会ったのが市井でよかった。市井がいなかったら、俺死んでたかもしんないし」

私も同じ気持ちだった。あの日会ったのが依田でよかった。

依田と話して、心に刺さっていた棘がどんどん溶けていった。あの夜だけは、〝大丈夫〟になれた気がしたのだ。

「わけわかんないかもしんないけど。市井が俺のために怒ってんの、嬉しいって思ってんだよね」

目が合う。依田が嬉しそうに目を細めて笑うから、なんだかくすぐったかった。

「考えることいっぱいあるし、なんで俺ばっかりとか、なんも知らないくせにとか、めちゃくちゃ思うんだけど。でも、わかってくれる人もいるんだよなあって。全員にわかってもらえなくても市井がわかってくれるならそれでいっかーって、今日思った」

「さっきじゃん……」

「そうだよ。人生すげーよなあ。市井とこんなふうに話すことなんて絶対ないと思ってたし」

「それは私もだよ。依田とは絶対わかり合えないって思ってた」

人は、すべてをわかり合えない。上辺だけの関係も、本音で話せない関係も、決してなくなることはない。それでも、死ぬまで生きていかなければいけないのなら。

「私、もっと依田と話がしたい」

せめて、わかってもらいたい人には――大切な人には、本当の自分を知ってもらいたいと思う。

「なあ市井。俺ら、きっと価値あるよ」

「……私もそう思う」

ずっと好きになれなかった繊細な自分が、今日はとても愛《いと》しく感じた。


「……あ」

翌朝。茉莉奈と同じ電車になったらちょっと気まずいから、といつもより一本早い電車に乗って登校すると、下駄箱で山田さんと会った。相変わらず姿勢がよく、後ろ姿ですぐに山田さんだとわかった。

「お……おはよ！」

勇気を振り絞り、声をかけた。すると、私の声に気づいたのか、山田さんがイヤフォンを外して振り向く。そのとき初めて、私は自分がワクワクしていることに気がついた。

「……おはよう市井さん」

小さく会釈をすると、山田さんは教室へと向かっていった。

理想もイメージも想像の話だ。本当はどんな人なのか、なにを思って生きているのか、なんて関わってみないとわからないことばかりで、関わってもわからないことばかりである。

だから私たちは話をするのだ。わかり合えないことを、わからないと言いながら。

彼女の美しい後ろ姿を追いかけるように、私も教室へと向かう。足取りは軽かった。

茉莉奈と気まずい空気になるかもしれない。無視されるかもしれない。けれど、それらがどうでもよくなるくらい嬉しいことがあった。

――早く、依田と話がしたい。

ファン・アート　夏木志朋

部屋に叫び声が響き渡った。

パソコン画面には、電柱の陰から現れた女の姿が映っている。手足が異様に長い。女は黒髪を揺らしながらゆっくり振り向くと、異形の四肢を振り回してこっちへ向かってきた。

「うわうわうわ！」

ヘッドセットのマイクに向かって再び荒木周助《あらきしゅうすけ》は叫んだ。キャプチャーボードでパソコンと繋《つな》いでいるゲームコントローラーを激しく操作する。画面の中で主人公が逃げまどい、追ってくる女から逃れたかと思うと、角を曲がったところで、またその女と出くわした。裏返った声で絶叫しながら周助は、今のひっくり返った感じや、怖すぎてキレ気味になるものや、恐怖のあまりむしろ笑い出すやつも、今回の収録でもうやってしまったから、叫び声のバリエーションを増やさないとなと考える。

「いや、怖！　誰だよこんなゲーム作った奴《やつ》。サドが過ぎるだろ」

耳から聞こえるのは、ボイスチェンジャー機能を通ってヘッドフォンから発せられる自分の声だ。周助は「あっ」とマイクにつぶやいた。

「ドアがあった。ここに隠れましょう。頼れるのはドア先輩だけだ」

ゲーム内のドアに滑り込み、「助かった。ドア先輩へのグラシアスが止まらない」と口にする。普段の自分なら滑るのが怖くて言えないふざけたことも、この声なら言えるし、声が違うだけで成立する気がする。声質ってずるいなと思う。クラスの陽キャを思い浮かべる。それとも、思い切りの問題なのだろうか。

そうこうしていると、壁が叩《たた》かれた。拳の側面を無言で打ち付ける音。隣の部屋の姉だ。

〝うるさい〟を意味するその音に声をやや落として実況を続けながら、ちょうどゲーム内での地図がわからなくなってプレイがグダッてきたところだし、ここはあとから編集でカットしようと思った。〈親来襲でカットしました〉とキャプションをつけたら面白いかもしれない。実際は親ではなくきょうだいだが、親のほうがおかしみがある気がする。なんとなく。

編集点を見つけたと同時に飲み物のおかわりが欲しくなり、収録を中断して、空のペットボトルを手に部屋を出た。台所で中身を軽くゆすいだペットボトルに麦茶を詰め替えていると、ミッチョの餌皿にフードをつぎ足していた母親から「もう遅いし、いい加減にしなさい」と言われた。うんと返すと、さっきまで自分の声だと思っていたものと地声とのギャップに気持ちが曇った。廊下に寝そべって緩《ゆる》やかなまばたきを繰り返していたミッチョを拾い、抱きかかえて部屋に戻る。今日はもう終わりにしよう。ミッチョを膝に抱えたまま、データを保存して収録を終了させた。ゲームのタブを閉じると、開きっぱなしにしていたYouTubeのマイページが表示された。

〈【ゲーム実況】迫り来る謎の女から生き残れ！【AKILA】〉
〈【ゲーム実況】話題のイカのやつをAKILAがやってみた〉
〈【ゲーム実況】迫り来る謎の女から生き残れ！　その2【AKILA】〉

本名の荒木をもじってAKILA《アキラ》。単純すぎる名付けだが、AKIRAではなくAKI〝L〟Aにしたのは、前者だと有名な漫画のタイトルとかぶってしまって、検索の際に埋もれるからだ。自分のゲーム実況動画を見た誰かが、もし、その感想をネットに書いてくれたりなんかしたら、絶対に読みたい。だから、かろうじて識別性のある名前にした。でも、今となってみればそんなものは全然、いらない工夫だったようだ。

周助は、自分がAKILAとしてこれまでにアップしたゲーム実況動画の再生数を確認した。最後に見た時と、なにも変わらない。だいたいが三桁で、一度だけ、他の実況者があまり動画を上げていないマイナーな無料ゲームをアップした時のみ再生数が千を超えたが、つまりは、基本的に誰にも全然見られていない。

もうやめようかな、と周助は膝にいるミッチョの背中を撫《な》でた。既存のゲームをプレイしながらあれこれ喋《しゃべ》って、そのゲーム画面と自分の喋りの音声を一緒にして動画配信サイトに載せるという、いまやひとつの動画ジャンルとして確立された〝ゲーム実況〟の活動を始めようと思ったのは、一年前のことだ。別に、某さんとか、また別の某さんみたいな有名実況者になれなくてもいい。自分はたいしてゲームが上手くないし、トーク力があるわけでもないし、そんな自分を越えてやるという熱意をもってなにか努力しているかといえば、そんなこともない。高一だし、他にもっとやるべきことがあるだろうと思う自分もいる。

でも、好奇心で初めてヘッドセットに声を通してみた日に、心が震えた時のことを思い出す。

オンラインゲームがやりたくて、姉が彼氏とのビデオ通話に使っている簡易なヘッドセットを借りたのが最初だった。

気づけば翌週には、貯《た》めた小遣いで自分用のものをネット購入していた。今すぐなにかを始めないと居ても立ってもいられないような逸《はや》る気持ちで、今まで、他人の動画を見ることはあっても自分がやってみようとは思いもしなかったゲーム実況を録って、YouTubeにアップした。一番初めに選んだゲームは、買ったばかりのポケモンの新作だった。

ヘッドセットを通して喋っていると、自分が別の人間になれたような気がする。

いや、嘘《うそ》だ。もっと正しく言うなら、こうしている時だけ、自分が本当の力を出せているように感じる。

AKILAとして喋ると、ゲーム画面を前に、淀《よど》みなく言葉が出てくる。自分に意外と豊かな語彙《ごい》があることを発見した気持ちになったし、収録した音声をあとから聴いてみても、俗に言う〝録音した自分の声を聴くと気持ち悪くてびっくりする〟といった現象は、周助には起きなかった。それはもちろん、地声ではなくアプリの〝イケボ3〟という型番のボイスチェンジャーを通した声だからといった点も作用しているのだけれど、周助はその晩、収録した自分の音声を何度も再生して聴き続けた。学校でのカーストとか、容姿とか、ギャグセンスとか運動神経とか体臭とか、いろんなものをわきまえるのをやめたら、自分はこんなにもちゃんと話せるのだと思った。

周助は、好きでよく動画を見ている有名ゲーム実況者のことを思った。男性で、たぶん二十代か三十代で、実況映えしそうなゲームを見つけたら、いつも目ざとく素早く配信している。実況のファンなので彼の人物像にさほど興味はないけれど、それでも、話に耳を傾けていると、どういう人なのかというイメージがぼんやり出来上がってくる。

本当のことなんてわからない。彼の言う、猫が好きで実家の子供部屋に住んでいて彼女がいないというのも全部虚言で、実際はおしゃれなひとり暮らしで、動物が嫌いで、視聴者の中の誰かと付き合っているのかもしれない。でも、今のところ視聴者の間では彼のキャラクターは〝非モテのこどおじ〟——いい歳をして実家の子供部屋で暮らしている独身男性の意だ――になっていて、周助もその誰も傷つけない設定に安心して、彼の動画を見ている。

人気実況者の彼はよく、視聴者からイラストを描いてもらっている。プロフィールのアイコン画像に設定しているアニメ風の肖像も、絵の描けるリスナーからプレゼントされたものらしい。イケメン風だけど目の細い男性が、頭に猫を乗せている。イケメンなのは作画上の慣わしのようなものだと思うけれど、別の視聴者が描いたイラストも、共通して、頭に猫を乗せた目の細い男性、というポイントは守っている。彼本人が顔出しをしたことはないはずだから、これは彼の言葉の端々から視聴者が拾った個性を元にして、キャラクターデザインされているのだろう。

自分が任意に喉から出した言葉だけで、自分が構成される。

「ミッチョ」

周助は膝の愛猫を脇から持ち上げ、額同士がくっつくような形で向き合った。

瓶詰めのオリーブオイルみたいな色の目に周助が映っている。しばらくそうしていたら、ミッチョが嫌がる動きをし始めたので、手を放した。彼女は飛び降りて、ドアの隙間から部屋を出ていった。

尻尾がドアの向こうに消えるのを見届けると、周助はパソコン椅子に背中を預けて、スマホでTwitterを開いた。親指でタイムラインを上に繰って流し読みしていたら、そのうちむずむずと、またいつもの衝動がやってきた。

周助は検索欄に〈AKILA〉と打ち込んだ。

画面が切り替わり、検索結果が表示される。

そして、予想はしていたが、気持ちが萎《しぼ》んだ。そこに並んでいる投稿群のうち、周助を指しているものは、AKILAの実況動画のリンクを貼った、ただのリツイートばかりだった。それもリツイートの主は、相互にフォローしている無名の実況者仲間だけで、いわば単なる、お義理のリツイートだ。

彼らがそうやってAKILAの新作動画を宣伝してくれるのは、周助のほうもまた、彼らが動画を投稿した際には宣伝のリツイートをするようにしているから、そのお返しというか、社交に過ぎなかった。そもそも周助自体も、そのメリットを得るために彼らをフォローしているから、人のことは言えない上に、むしろ感謝するべきだと思う。

でも誰ひとり、AKILAの動画に対して具体的なコメントをつけている人間はいない。機械的なリツイートが数件あるだけだ。彼らがAKILAの動画本編に目を通しているかどうかすら怪しい。そしてそれらの投稿に、いいねのハートマークはひとつもついていなかった。

いつもの光景だ。わかっているのに、自分で自分の名を検索するエゴサーチが習慣になっていた。

だから、その投稿を見た時、周助はすぐには事態が呑《の》み込めなかった。

遅れて、心臓が大きく鼓動した。

#AKILA
#ゲーム実況

短いハッシュタグだけの文字欄に、一枚のイラストが添付されていた。描かれていたのは、赤い髪の若い男性だった。アニメ風のタッチで、両頰になぜか猫のヒゲのような三本線が描かれている。一見すると、周助の知らない漫画のキャラクターのように見えたが、周助が目を見張ったのは、彼の手にある〝力水〟という清涼飲料水のペットボトルだった。

周助が実況の時、よく飲んでいるサイダーだ。周助自身も動画内でしばしば、自らネタにしている。

投稿者は〝チトセ〟という名のアカウントだった。

周助はそのアカウント名をタップし、投稿者の他のツイートをさかのぼった。

〈学校だるい〉

〈アキラさんの絵描いてみた。下手ですみません〉
〈赤髪なのはなんとなくのイメージ。顔の猫ヒゲは、実況に時々猫の鳴き声が入ってるからw〉
〈力水って最近あんまり売ってないよね……〉

その他は、日常にまつわるものやゲームや漫画について語る投稿が続いていた。チトセは、絵を描くことと、ゲーム実況を見るのが趣味のようで、つぶやきにはたびたび、他の有名実況者の名が登場した。しかし、その中にまぎれて、ちらほらと〝アキラ〟の三文字が現れる。下へ下へと画面を素早く繰りながら、その三文字が出るたびに、周助は指を止めてツイートに見入った。

自分は勘違いをしているんじゃないだろうかと周助は思った。アキラという名前なんて、ありふれている。誰か別のアキラの話をしているのではないだろうか。

でも、過去ツイートを見るうちに、それがまぎれもなく自分のことだとわかった。周助が今までチトセのツイートを発見できなかったのは、チトセが普段はこちらのことを〝アキラ〟とカタカナ表記にし、つぶやきがAKILA本人に見つからないよう、検索避けの工夫をしているからららしかった。

〈応援したい気持ちはあるけど、ご本人に見つかったら恥ずかしいし〉

チトセがつぶやいている。

〈でも、イラストはしれっと公式表記にしてみた〉

どうやら、全部が筒抜けになるのは嫌だけれど、自分が厳選したものだけは見てほしいという気持ちがあるようだった。その気持ちは周助にはよく理解できる気がした。

心臓がドキドキして、ポンプされた血が巡った場所から順に広がるように、鳥肌が立った。「マジか」と部屋でひとりで口にして、チトセが描いたAKILAのイラストを、興奮しながら保存した。

穴が開くほどという言葉が大袈裟《おおげさ》ではないくらい、周助はそのイラストを見つめた。赤髪のそのキャラは整った顔立ちで、現実の自分とは似ても似つかなかったけれど、誰かがこんなふうにイラストに描くほど自分のことを心に留めてくれているのだと思うと、途方もなく嬉《うれ》しかった。

〈アキラさんは雪《ゆき》のセレンがきっかけで知ったんだけど、トークが面白くて癖になる〉

イラストを保存したスマホで周助は、チトセのツイートを閲覧し続けた。『雪のセレン』というのは、周助が過去に実況して再生数が初めて千を超えたマイナーなフリーゲームだ。

〈もっと色々実況してほしい。人気出ると思う〉

〈学校ほんとだるい〉

〈私って本当、絵下手だな。バランス崩れてて気持ち悪いって言われた〉

〈なんか、恥ずかしくなってきた〉

〈今までに描いた絵、全部、削除しようかな〉

瞬間、周助はスマホを両手に思わず、

「駄目！」


と叫んでいた。

机の上に置いていた飲み差しのペットボトルが倒れて、麦茶がこぼれ出た。慌ててティッシュで堰《せ》き止めながら、さっきまでとはまったく種類の違う動悸《どうき》を胸に、再びスマホへかぶりついた。

青ざめる気持ちだった。なぜだかわからないけれど、このチトセは自信を失っていて、今現在、ネットにアップしている自分のイラストをすべて、消そうとしている。さっき見たAKILAのイラストも当然、含まれるのだろう。それは絶対に、駄目だと思った。データという意味でなら、すでにスマホに保存したから、チトセがネットから削除しようとなんだろうと、無事だ。でも、それは全然、別物だと感じた。ネットからAKILAが消えてしまう。初めて他人に容姿を与えられたAKILAが、周助のスマホの中という、また自分だけで完結した世界の中に置き去られてしまう。

周助は両手を組んで唇の前に置き、部屋の中を歩き回った。頭をかきむしっては、また祈るようなポーズに戻り、必死に考えた。

考えに考え抜いて、周助は結論を出した。


〈初めまして〉

メッセージ作成画面の中で、〝ミッチョ〟という作り立てのアカウント名が白く浮かび上がっている。

〈突然のDM失礼します。自分もAKILAさんのファンです。イラスト拝見しました。最高のキャラデザで、しかも、めちゃくちゃ絵がお上手ですね……！〉

深く考える時間もなく使った愛猫の名が、画面から自分を責め立てている気がした。でも、仕方ないのだ、と周助は嘘をつくことへの怖さに苛《さいな》まれながら、文章を打った。心の中で自己弁解が組み上がっていく。仕方がないのだ。この人はAKILA本人に見つかることを望んでいないし、仮にAKILA本人からの接触を喜んでくれたとしても、それは実況者本人が自分のイラストを描いてもらって嬉しがっているだけの行為になってしまうから、自分の絵に自信を失っているチトセへの、本当の励ましにはならない気がした。元気を出してもらうには、彼女の絵に純粋に引き寄せられた第三者でなくてはならないと思った。

文章を作成し終えると、送信した。

深夜まで待っても、既読はつかなかった。

けれど、翌朝起きると、スマホ画面には〈チトセさんがあなたをフォローしました〉という文言とともに、ＤＭの返信が届いていることを示す小窓が表示されていた。

〈ミッチョさん、初めまして〉

〈フォローとＤＭ、ありがとうございます。イラストを気に入っていただけて、とても嬉しいです〉

〈AKILAさんの実況、いいですよね！　ちょっと毒舌なんだけど、知的さも伝わってきて〉

〈同じAKILAさんファンの人と繋がれて嬉しいです。基本、日常ツイート多めですが、よければ今後ともどうぞよろしくお願いします〉

チトセからの返信だった。ツイートでは病みが入っているように見えたけど、結構きちんとした文章を打つなあということと、そんなちゃんとした相手を騙《だま》してしまった自分におののきながら、周助はチトセのDMの、AKILAに対する肯定的な意見の箇所を眺めた。頭の奥が痺《しび》れるような感覚があって、ふいに、本当の意見、という言葉が浮かんだ。これはお義理じゃない、本当の意見だ。

返信を打とうか迷った代わりに、親指を立てたスタンプを送った。

＊

〈学校だるい〉

〈ちょっと待って。アキラさんの新作アップされてる。学校終わったらみる〉

〈我慢できずに昼休みに見た。化け物を力水で悪霊退散しようとするところ爆笑したｗｗ〉

チトセの投稿に目を通して、周助は没頭のあまり、思わずバスを乗り過ごしそうになった。慌ててどうにか自宅の最寄りの停留所で降り、家までの夜道を歩きながら、再び彼女の投稿に視線を落とす。実際のところ、そのツイートを今日の昼過ぎにはすでに読んでいたのだけれど、そこから何度も見返していた。

家に着くと、塾用のリュックを部屋に置いて、夕飯と入浴を済ませ、自室で再度、

Twitterを開いた。チトセの新しい投稿があった。そのツイートに添えられているものを目にして、周助の心臓がまた熱い脈を全身に送り出した。

赤い髪の、猫のヒゲの意匠を頬にあしらったイケメンが、コミカルな表情で化け物に向かって〝力水〟を振り回している。

AKILLAの新しいイラストだった。

少し間を置いてから、周助はミッチョのアカウントでそのイラストにいいねを押し、つぶやきを投稿した。


〈うわあああああ〉

〈チトセさんの新作イラストだ！　力水で除霊するアキラさんかわいいw〉

〈アキラ氏の新作動画、自分もそのシーンでめちゃくちゃ笑いました〉

〈それにしても相変わらず絵が上手すぎる……こう言ったらなんだけど、アキラさんの界隈なんてジャンルとしてはどマイナーなのに、唯一の二次イラストを描いてくれる方がこんなにクオリティ高いなんて、なにこれ、マイナー砂漠に咲いた一輪の花？〉


別人を装うためとはいえ、自分で自分の動画に〝めちゃくちゃ笑った〟などと感想をつける行為への薄ら寒い痛々しさを感じながら、チトセの絵を褒めそやした。

ミッチョとしてチトセとこうしたやりとりを交わすようになって、もう何週間が経《た》っただろうか。

その間に周助はAKILAとして二本の動画を投稿し、チトセはAKILAの新作アップのあるなしにかかわらず、時々AKILAのイラストを投稿するようになった。

チトセは兵庫《ひょうご》県に住んでいるらしい。

とにかく学校がだるくて仕方ないらしい。

コミケで、当時好きだった漫画の二次創作同人誌を出したことがあるらしい。

背が低いのがコンプレックスだけれど、そう話したら〝低身長アピール乙〟と返されたことがあって、それ以来、あまり口にしないようにしているらしい。

どれも、彼女の日常ツイートから知ったことだ。

ミッチョとしての周助は、それらのつぶやきにはどう反応していいのかがわからず、たまにぽつぽつといいねを押すだけだったけれど、彼女がイラストを投稿した時は、ビビッドに好意的なリアクションをするようにした。

ミッチョの周助は、別に、はっきりと自分が女性であると性別を装うような発言はしなかった。しかし異性だと知れたら、彼女がミッチョの褒め言葉に別の下心を見出して無意味になってしまう気がしたので、明確に〝女性です〟と偽る発言はせずとも、男性実況者のAKILAのファン＝女性という先入観に乗っかって、嘘はついていないけれど男だとも女だとも言わない、という手法を、気づけば取っていた。

そんな自分を、周助はずるいと思った。だからこそ、彼女が無防備に日常ツイートをするたび、自分が同性のフリをして女の子の私生活を覗《のぞ》き見ているような気分になって、良心が苛まれた。

それでも彼女がイラストを投稿するたび、周助は、同じ女性オタクだったらどういう反応をするだろうかということを必死に考えて、それっぽい構文でチトセをとにかく持ち上げた。実際、彼女はとても絵が上手かった。周助から見れば、こんな特技があったなら、絵を描くことが楽しくて仕方ないだろうと思う。でも絵が上手い人たちの中には、やはり上には上がいるらしくて、彼女はいつも自信を失くしていた。

だからこそ、ミッチョの褒め言葉が染みたのだろうか。

〈もったいないお言葉……！〉

ミッチョの褒め言葉に、チトセが空中リプライを返す。

〈需要があるって嬉しい。やる気出てきた。また描こう〉

いつしか、ミッチョが褒める、それに気をよくしたチトセがAKILAのイラストを描く、ミッチョが褒める、そしてまたチトセがAKILAのイラストを――というループの構図が、完成しつつあった。

チトセはたぶん、同年代だ。同年代の女子になんて縁がない自分だけど、ある意味では〝ネカマ〟の自分が、こういう形で関わった女子とのやりとりに、ドキドキするなんてことはあってはならないと思う。

でも、別の下心はある。

彼女にAKILAを描き続けてほしい。

たとえAKILAが、彼女にとってもう、好きだからという理由ではなく、このキャラを描けば褒めてもらえるという絵描きとしての自尊心を満たすアイテムでしかなくなっていたとしても、他人が描いたAKILAの絵を、もっと見たい。

周助は自宅リビングの本棚にある絵本を思い出した。姉のお下がりとして子供の頃に読んだ、『星の王子さま』という有名な作品だ。

もう内容はうろ覚えでしかないけれど、絵本の中に確か、荒野の惑星に咲く一輪のバラに、王子がガラスの覆いをかけるエピソードがあった気がする。そのバラは高慢ちきでいけすかない性格をしていて、性格がいいというより、いい性格をしているのだけれど、王子はそのバラに枯れてほしくないから、せっせと水をやって、風除けの覆いをかける。

王子がなぜそんなにもそのバラに枯れられては困ると思っていたのか、理由はちゃんと書かれていた気がするけれど、覚えていない。

〈私、アキラさんの声が好きなんですよ〉

チトセがミッチョ宛てにつぶやく。いつしか、以前のような空中リプライではなく、明確にお互いを宛先にしたレスで時おり、AKILAについて語り合う関係になっていた。

周助はミッチョとしてリプライを返した。

〈イケボですよね〉

〈はい、それもあるんですけど、声質っていうよりも、話し方が好きで〉

一瞬、ボイスチェンジャーが寄与しない部分を褒められて、ふいをつかれた気持ちになった。だがすぐに、その話し方自体も、ボイチェン機能によって自分の気が大きくなっているからに過ぎないと思い改めた。チトセが言う。

〈話し方もだけど、ゲームのセレクトが気が利いてて。『雪のセレン』なんて、他の人はほとんど実況してないし〉

〈確かに。『雪のセレン』はアキラさんの実況を見て初めて知りましたが、いいゲームなのにね〉

〈フリゲの名作ですよね。実は私、来月のコミケ、『雪のセレン』で同人一冊出すんです〉

えっ、と周助はスマホを手に声を発した。チトセが過去に好きな漫画で同人誌を出したりしていたことは知っているが、そうした経験のない周助にとって、同人誌を一冊描くなんて、すごいことだ。作品への熱意に圧倒された気持ちになった。

〈すごいですね！　好きな作品なので、出されたら絶対買います。通販はされるご予定ですか？〉

〈そこでなんですが、ミッチョさんって、確か東京《とうきょう》在住ですよね。私、コミケで上京するので、よかったら来月、オフ会しませんか〉

今度は、声が出なかった。

周助は無意味にパソコン椅子から立ち上がると、机の上にあるスマホ画面の中の、たった今、とんでもない提案をしてきた相手のアカウント名を爆弾でも見るような目で見つめて、それから、なんのことはない、と気を取り直した。適当な理由でもつけて断ればいいだけだ。

すみません、実は、と断りの文を打とうとした時、チトセから続投が来た。

〈十七時の新幹線で帰るので、短い時間しかお会いできないんですけど、もしご都合が合えば、お茶でもしながらミッチョさんとアキラ語りができたら嬉しいです〉

末尾には、〈もちろん、急なお誘いですので、難しければご遠慮なくおっしゃってください。その場合はまたTwitterでお喋りしましょう〉と、笑顔の絵文字付きで気遣いの言葉が加えてあった。

逃げ道も用意されている。

当然、会うわけにはいかないし、会いたくもない。

なのに、返事を打つはずの指が動かなかった。無言で立ちすくむ周助の目は、彼女が書いた〝アキラ語り〟という箇所に注がれていた。

彼女がアキラを褒める言葉を、この耳で直接、SNSでのやりとりとは比べ物にならない対面ならではの言葉の量で浴びたなら、どんなに気持ちいいだろうか。

直後に周助は頭を横に振って、馬鹿な考えを頭から追い出そうとした。AKILAとしての自分はボイチェン機能を使って声を変えている上に、顔出しもしていないし、実況動画内ではチトセについた嘘が露呈しないように発言のリスク管理をしているから、対面してもAKILA本人だとバレることはないだろう。

でも、チトセはおそらく、ミッチョのことを女性だと思っているのだ。だからこそこうして、今時どうかと思う警戒心のなさで、会ったこともない人間をオフ会に誘っている。

それに、と周助は、今は電源を落としている暗いパソコン画面に映った自分の容姿を見て、すぐに目を背けた。学校の授業などで自分がなにか発言するたびに、周りから小声で合いの手のように上がる「チー」「チー」という、小動物の鳴き声に似た言葉を思い出す。それが、言動的にも容貌的にも冴えない男性を指す〝チー牛〟といったネットスラングが元だと知ったのは少しあとになってからで、彼らからすれば、チー牛がまたチーチー鳴いてら、ということらしい。

来たのが男だった上に、こんな奴だったら。

会えない。そう改めて思った。周助は固く目をつむり、わざと心が削れるような想像をしてみた。初対面の女子がこちらの姿を見て、露骨な形ではなくても、その表情の下でどんなふうに感情が動いているのかがわかってしまうあの感じ。

でも、想像の中でいつの間にか、会ったこともない〝チトセ〟というイメージの塊《かたまり》が、人の姿で目の前にいた。具体的な容姿は浮かばないけれど、口の部分から彼女が言葉を発する。

自分たちは〝十七時の新幹線に間に合うようなちょっとしたカフェ〟でお茶をしていて、チトセは身ぶり手ぶりを交えながら、嬉しそうに自分がAKILAという実況者のどんなところをどのように好きなのかを熱く語る。周助は彼女の言葉に、チー牛らしく大人しい同意の相槌《あいづち》を打ちながら、自分は自分で、チトセのイラストのどこをどんなふうに好きなのか、彼女の絵をどれだけ素晴らしいと思っているかを緊張した口調で話す。なぜなら、ミッチョは絵師としてのチトセのファンで、憧れの絵師様に会えて、すっかり恐縮・感激しているからだ。

奉《たてまつ》る。植木鉢の下の水受け皿がひたひたになるまで水をやる。

彼女のファンとしての仕事をする。

でも実のところ、彼女が話している相手は、他でもないAKILA本人だ。

そう思い描いたとたん、周助の腹の底から感じたこともない快感が駆け上った。時刻はすでに深夜零時を回っていて、窓のカーテンを閉めた部屋でひとり、周助はずっとスマホの上で止まっていた親指を動かして、文章を打った。

〈オフ会のお誘い、ありがとうございます〉

これから自分がしようとしていることを自覚しているのに、指先は淀まなかった。

〈コミケの日なら予定が空いているので、ぜひ、お会いしてお茶しながらアキラさん語りができたら自分も嬉しいです。でも、その場合、先にお伝えしておかないといけないことがあります〉

改行する。

〈私は男性です〉

打った。

〈チトセさんは女性だから、もし、約束した日に現れたのが男性だったらびっくりすると思うので、伝えておかないといけないと思いました。もし、今まで私のことを同性だと思われていたのなら、ごめんなさい。異性のフォロワーとオフ会をするのは、自分が逆の立場だったら怖いし、親御さんとかも心配すると思うので、もしオフ会をするのなら、これからもっとアキラさんクラスタが増えて、男女交えた大人数になってからのほうがいいのかなと思いました。迷惑かけたら嫌なので、あれでしたら、またの機会にって感じで遠慮なく断ってください〉

〈これからもっとアキラさんクラスタが増えて〉という部分に、〈そんなことがあるのかわかりませんが……〉と笑い泣きの絵文字を加えて付け足した。

〈私はチトセさんとたぶん同年代の高一男子です。普段は学校で〝僕〟と言ってますが、本当はこういうふうに〝私〟と言うのが一番しっくりくるので、ツイッターではそうしてました。ツイッターは唯一、自然な自分が出せる場所でした〉

また改行する。

〈チトセさんと話す時は、〝私〟って言うのはなんか、嘘ついて女性のフリしてるような気がしたので、自分のこともチトセさんのことも偽らなくていい〝自分〟という言葉を使ってました。そのせいで誤解させてたらごめんなさい。僕の心が女性だったら、それは別に嘘じゃないのかもしれないけれど、僕はたぶん、男です〉

改行。

〈アキラさんのことが好きな、男です〉

送信し終えたあと、周助は過去に見たネットニュースのことを思い浮かべていた。

海外の有名な音楽アーティストが、自分をバイセクシャルだと偽り、炎上していた。

セクシャリティはひとりの人間の中でも一定ではないケースもあるからと擁護する人たちもいたけれど、そのアーティストの場合は、そうした流動的なものとも少しわけが違ったみたいで、自他ともにファン獲得のためのパフォーマンスに過ぎなかったと認めて、バッシングされていた。

もうひとつ、男性が自分は異性に性的欲求を抱かない人間だと嘘をついて、女の子を安心させ、性加害事件を起こしたニュースもあった。実際にセクシャルマイノリティである人たちへの偏見をも助長させる、許されがたい事件であると記事には書かれていた。

周助は自分がこのうえなく卑劣な人間になったと感じた。明確に性的少数者だと偽ったわけではないけれど、自覚的に含みのある言い方をした。〝私〟と〝僕〟という一人称に関する部分に至っては、完全に嘘だ。

だけど、アキラさんのことが好き、といった箇所についてはどうだろうか、と考えた。でも、そうした苦しい理屈を言い表す熟語があった気がして、スマホで調べてみたら〝詭弁《きべん》〟という的確な語がヒットした。

ポペン、と音を立てて返信が届いた。

〈ミッチョさん、遅くに返信失礼します〉

彼女にしては珍しく、冒頭の挨拶に絵文字がなかった。

〈言いにくかったかもしれないことを教えてくれて、ありがとうございます。男性だったと知って意外でしたが、それよりも、同年代だということに驚きました。落ち着かれているので、私よりもずっと年上のお姉さんだと思っていました……笑
オフ会に関する安全面のことも、配慮していただき、ありがとうございます。

それで、提案なんですが〉

文章がいったん刻まれた。

〈ミッチョさんさえよかったら、やっぱり、会いませんか。

ミッチョさんのご心配されてることはもっともだと思いますが、場所もカフェで、周りに人もいますし、なにより、私と同じ、アキラさんのことが好きな人と、私は話してみたいです〉

刻み。

〈まだ日にちがあるので、よかったら検討してみてください。もし難しければ、私はコミケのあとに東京を散策して帰るので全然お気になさらず！〉

両手を上げた絵文字付きの文末には、〈追伸〉と短い言葉が添えてあった。

〈全然話変わりますけど、ミッチョさんのＨＮの由来ってもしかして〝美酢〟ですか？　私も好きです！　美味しいですよね〉

気遣うような話題の急旋回に、労われていることをひしひし感じた。美酢がなに

かがわからなかったので検索してみると、韓国初の最近流行《はや》っているフルーツドリンクらしかった。実際の由来である愛猫の名は、周助が中学生の時に母親が子猫のミッチョを人からもらってきた時からすでにこうだったので、由来の由来も知らない。周助はチトセのDMに返信を打ち、追伸のところに、

〈HNの由来、正解です。母がよく飲んでいます。美味しいですよね〉

と書いて、送信した。

＊

普通だったら、自分みたいな男子は、当日までに色々なことを考えるのかもしれない。

例えば、この針金タワシみたいな癖毛が少しでもマシに見える方法を鏡の前で考えてみたり、どの服を着ていこうか思案してみたり。

でも鏡の前に立った周助の頭にまず浮かんだのは、自分が彼女に仄《ほの》めかした〝設定〟のことだった。

それっぽい服装ってどんな感じだろうか。

けれど、そう考えたとたん、また、その行為をとてつもなく卑劣だと感じて、服装

や髪型を設定に寄せる努力をするのは、やめた。そういうことが最低だと自覚できる程度には、自分は平成生まれ・令和育ちだった。

当日の空は、よく晴れた夏日だった。

海の上を走るゆりかもめに乗って、周助は約束の場所であるA駅にたどり着いた。コミケの開催地である大型施設から近いその駅は、どこか未来都市っぽい無機質さがあった。埋め立て地だからかもしれない。

周助は約束の中央改札で彼女を待った。

目の前をちらほらと、小型のキャリーケースを引いた人たちが通り過ぎていく。コミケから撤収した人々なのだろう。その中にDMで事前に知らされているオレンジ色のキャリーケースを持った女性がいないか目を走らせるたびに、緊張で気持ちが張り詰めた。

キャリーケース組は女性が多かったが、男性もいた。そのうちのひとりの男性の、灰色をしたTシャツの脇のところが汗の染みで濃く色を変えているのを見て、危なかった、と肝が冷えた。グレーか黒かで迷ったが、こっちにしてよかった、と周助は、自分が着ている、襟のところにチェック柄が入った黒の半袖シャツを見下ろした。

ほどなくして、彼女はやってきた。

話しかけられる前から、たぶんそうだと思っていた。遠目に目が合ったことでこちらが待ち合わせの相手だと確信したらしいチトセが、オレンジ色のキャリーケースの車輪をゴロゴロ鳴らして近づいてきた。

「ミッチョさん？」

現実感がないまま互いに相手が間違いないかを確認して、近くにあるチェーンのコーヒー店へ向かった。

「オタク同士でオフ会する時は、結構、カラオケルームとか使う時もあるんですけど」

道中でチトセはずっと喋り続けていた。その間を周助のか細い相槌の声が縫う。

「ちょっと歩くんですけど、すみません」

「ミッチョさん背高いですねえ！　一七五くらい？」

「はい」

「はい」

「羨ましいっす。しかし暑いですね！」

「はい、めっちゃ、暑い」

「オフ会マジで初めてなんですか？」

「はい」

「もしかして緊張してます？」

「はい」

「私もです！　てか、」

歩きながら、チトセが宙を嗅ぐような仕草をした。

「この辺めっちゃ、海の匂いしません？　いや海なんですけど、ビッグサイトのあたりよりも、なんか独特の匂いがするっていうか」

「汽水なのかも」

周助は言った。

「キスイ？」

「海と川が合流して、海水と淡水が混じってる状態のことを汽水って言うんです。このへんは汽水域で、だから独特の匂いがするのかも」

「そうなんですか？」

「わかりませんが」

「わからんのかい」

チトセが笑った。急に言葉尻を変えた突っ込みに少し面食らったが、気さくさに救われた気持ちになる。彼女の鼻が検知したのは潮の匂いではなく自分の臭いではないだろうかという不安を頭の隅に追いやりながら、少し前を歩く彼女のコンバースを眺めた。

初めて会ったチトセは、事前に知っていた通り小柄で、想像していたよりも、快活だった。でもその明るい声のトーンには、クラスの一軍と呼ばれる女子たちの声にはない濁りのようなものがあって、ああ、オタクなんだな、と安心した。

「すごい」

テーブルに広げられた物を見て、周助は心からの言葉を口にした。

カフェの奥まった位置にあるボックス席の卓上には、チトセがキャリーケースから次々と取り出した同人誌が並んでいる。コミケで購入した戦利品とのことだったが、これはあくまでも一部で、キャリーの中には〝見せられない〟本もまだ何冊か入っているそうだ。

許可を得て、周助はテーブルの上にある中の一冊を手に取った。表紙には、チトセの絵柄で『雪のセレン』の主人公である女の子の姿が描かれていた。チトセが今回のコミケで出した同人誌だった。表紙を眺めて、恥ずかしがるチトセの前でページを数枚めくったあと、周助は閉じた同人誌を両手でしっかりと持って、言った。

「買います」

「いい、いい。いいですよそんな。あげます。余ったやつだし」

そんなわけには、とつっかえながら周助は言った。代金を払う・払わないでしばらくチトセと言葉を交わしたあと、最終的にチトセが強引に話題を変えたので、うやむやになってしまった。本の代金がわりにここのお茶代を自分が持てばスマートな感じになるのかなとぐるぐる悩む周助の前で、チトセがコーヒーカップの持ち手を握った。

「『雪のセレン』、いまだに根強いファンがいるとはいえ、やっぱり古い作品だしマイナーなんですよね。今日も何人かは買っていってくれたけど、『雪セレ』で本出してるのは私ひとりでした」

コーヒーに口をつけて、チトセが続ける。

「パウチカレーさんとか、ノジマ店長みたいな有名実況者が実況してくれたら、再ブームが来る可能性も十分あると思うんですけど」

「僕も、そう思います」

膝に両手を置いて周助は言った。他のゲーム実況者の名前を出され、暗にAKILAでは拡散力にならないと言われた形ではあったけれど、腹は立たなかった。例に挙がった彼らは雲の上の人たちだし、周助自身もチトセが言うような再ブーム到来を望んでいる。『雪のセレン』は本当に面白いゲームで、なんと言っても、そのよさを理解して一番最初の実況動画を上げたのはAKILAなのだ。

もし本当に再ブーム到来現象が起きたら、自分の目のつけどころのよさが、動画のアップロード日時という揺るぎない数字によって、ネットの片隅の歴史に刻まれた気持ちになると思う。

「ミッチョさんは、AKILAさんの実況で『雪セレ』を知ったんですよね」

一瞬口ごもりそうになったけれど、どうにか淀みなく「はい」と頷《うなず》くことができた。実際の経緯は、小学生の頃、まだゲーム実況というものがそこまで興盛ではない時代にたまたまプレイして、時を経て自分がゲーム実況者としてさあなにを実況しようかと考えた時に思い出した、というものだった。

「AKILAさん、いいですよね」

チトセの声がにわかに興奮の色を帯びた。これがまさに主題で、今日の集まりはそのためにあるのだと周助に再認識させるような転調だった。

「最新のやつ見ました？　私、今日その話しようと思って、つぶやくの我慢してたんですよ」

「あ、はい、見ました」

おととい自分がアップしたものだ。

「『口裂き女』実況の最終回ですよね」

「もう、最高でした」

チトセがひとりで頷きながら言う。

「ラストの真エンドで主人公が怪異に立ち向かっていくところの、AKILAさんのアテレコで爆笑して。笑えるんだけど、熱くて、なんか、気づいたらちょっと泣いちゃってて」

「泣いたんですか」

「はい。熱くて泣くことってありませんか。私、AKILAさんの動画で結構、泣きますよ」

意外な感想に胸を打たれた気持ちと、感受性の強さに圧倒された感情を抱きながら、周助は目を背けた。

「泣く、とかはないけど……」

周助は「でも」と机の上に視線を戻して言葉を継いだ。

「いい回でしたよね。僕も感動しました」

「ミッチョさんは、AKILAさんのどういうところが好きですか」

問われて、周助は「僕ですか」と瞬きをしたあと、「そうですね」とチトセの肩越しにある壁を見ながら言った。

「明るいところです」

「ほう」

「初めは、単純に『雪のセレン』のゲーム実況が見たくて、他に実況してる人がいないからって理由だけで、彼の動画を再生したんです。でも見てるうちに、明るくて、声に芯が通ってて、自分にないものをたくさん持ってて、そういうところに惹《ひ》かれました」

チトセが「わかります」と深く頷いたあと、「あっ」と慌てたように手を振った。

「ミッチョさんが明るくないって言ったわけじゃないですよ」

「大丈夫です」

「ミッチョさんは面白いですよ。話してて楽しいです」

「大丈夫ですから」

そう周助が続きを促すと、チトセは「本当にそう思ってますよ」とコーヒーで口を潤して再び話し始めた。

「私も、最初は単にゲームの内容が目的で視聴し始めたから、わかるなあって。AKILAさんってノベルゲーのテキスト部分をちゃんと全文、読み上げてくれるじゃないですか。だから作業中とかにも聴きやすかったんです。初めはほとんど、絵を描いたり着替えたりする時の作業用BGMでした。だけど私も、そのうちにだんだんと好きになりました」

「チトセさんは、彼のどんなところが好きなんですか」

訊《たず》ねると、チトセは「私？」と周助と同様に言って、少し恥ずかしそうにしたあと、言った。

「変態なところです」

　周助は、

「えっ」

　と、思わず、心からの動揺の声を上げていた。変態って、どういうことだろう。なんだそれ。自分はなにか、そう思われるような発言をしていたのだろうか。クソとかチクショウとかは言うけれど、えげつない下ネタを言った覚えはないし、思い当たらない。それに、この前は話し方が好きだと言ってくれたではないか、と静かにショックを受けている周助をよそに、チトセが言った。

「だって、変態じゃないですか。再生数も少なくて、ぶっちゃけAKILAさんの動画を見てる人なんてほとんどいないですよ。なのに動画を上げ続けて、いつもあんなに楽しそうにしてる」

　チトセが親指の爪をもう片方の手で擦《こす》った。

「まるでひとり遊びしてるみたい」

　チトセが続けた。

「私は、自分の絵に反応がないと、すぐに不安になる。描いても意味ないじゃん、って思ってしまう。最近イラストを描けてるのは、ミッチョさんが私の絵にコメントをくれるからなんです。私はそんなふうに人に依存してるのに、AKILAさんはそうじゃない」

チトセは親指を擦り続けている。

「だから、試してみようと思ったんです」

「試す？」

周助が聞き返すと、チトセは「はい」と答えて、言った。

「YouTubeのコメント欄にも、あえてコメントをしませんでした。Twitterでつぶやく時もカタカナ表記にして、反応なんか絶対本人に届かないようにして、それでAKILAさんがどこまで続けられるかどうか、やめたらやめたで、見ものだと思ったんです」

周助は思わず言葉を失った。

「だけど、AKILAさんは投稿をやめませんでした」

チトセが親指を擦るのをやめて、片手を片手で握り込んだ。

「私、」

チトセが言った。

「考えてみたら私も、昔はそうでした。教室の隅でノートに絵を描いて、誰に褒められなくても、楽しかった。人の反応を欲しがるのが、不純なことだとは思いません。時には大きなモチベーションに繋がる、自然な欲求だと思います。でも、ただ、自分にそういう経験があるから、私には見分けがつくんです。AKILAさんみたいな人と、そうじゃない人の違いが」

「違い」

「うん。上手く表現できないけど」

チトセが顔を上げた。

そして彼女は、不敵な笑みを浮かべた。

「私ね、あの人は絶対、有名になると思うんです。私が感じたのと同じことに気づく人が、きっとたくさんいると思うから。そうなった時に、一番最初に目をつけたのは私なんだぞって威張るのが、私の夢のひとつです」

そう言ってチトセはコーヒーカップに手を伸ばした。

「だから、その一助になるために、初めて正しい名前表記のタグ付きで、あのイラストを描きました。まあ、実際に釣れたのはミッチョさんひとりでしたけどね」

そう言ったあと彼女はまた「あっ」と焦った顔で手を振った。

「すみません、釣れたなんて。私、失言多いですね」

いえ、と周助は上の空で返して、しばらく考えたあと、訊ねた。

「チトセさん」

「はい」

「最近のAKILAを、どう思いますか」

周助の心臓が早鐘を打った。

チトセが以前のAKILAになにかを見出したのだとしたら、今のAKILAは、もう違ってしまっている。チトセと出会う以前と以後で、変化している。

チトセが描いたあのイラストを初めて見た日から、周助は前よりも定期的に動画をアップするようになった。今までは虚空に向けて発信していたのが、チトセという、実体の受け手が現れたからだ。

チトセはどんな気持ちになるだろうか、笑ってくれるだろうか、楽しんでくれるだろうかと考えながら、いつも動画を撮影している。でもそれは、チトセが好きになった純粋な状態のAKILAじゃない。チトセが本当にAKILAを好きなら、その違いに気づくはずだ。

でも、気づいていなかったら?

それは、彼女にとってAKILAがもう、ただの自己表現のツールに成り下がっているということだ。

それでいいと思っていた。そんな理由だとしても、あのイラストのAKILAが、誰かに一度は強く愛された証拠であるあの姿をともなって描かれ続けてもらえるなら、そんな理由で構わないと思っていた。

だけど、怖かった。

もし彼女が笑顔で、今のAKILAも全然普通に、変わらず好きだと言ったら、自分は本当に、この世界でひとりきりになってしまう気がした。

「最近の?」

チトセが丸い目で言った。口元にはまださっきの語りの際の笑顔が残っていて、そのせいで、会話の最中に聞き取れなかった言葉を聞き返す人のような顔になっていた。

しかし彼女はそれほど間を置かずに笑顔を引っ込めると、思案する風に目線を宙へ落とした。この人はなぜそんなことを聞くのだろう、そんな質問をするということは、この人は近頃のAKILAに対してなにか思うところがあるのだろうか、と考えながらも、おもねらずに、自分の実直な意見を口にしようとしている彼女の心の動きが、この時だけは手に取るように伝わった。

チトセが視線を周助に戻して言った。

「変わらず、好きですよ」

「そうですか」

今すぐ逃げ出して、なぜかトイレで鏡を見たくなった。自分の声を遠くに感じながら、頭の層の一番浅いところで、ああ、変な答え方をしてしまったな、と考えた。チトセは困惑すら感じさせる素直な表情でこちらを見ている。

「ミッチョさんは、なんか、今のAKILAさんがあんまり好きじゃない感じですか？」

申し訳なさそうに、おそるおそるといった様子でチトセがこっちを見上げた。

「正直、今と前の違いがあるのかどうかも、私はよくわかってないです。でも、最近は確かに前よりマメに動画をアップするようにはなったし、アレですか、そういうマメメしさが、なんかプロっぽくて、前と変わっちゃったなって寂しく感じてるとか、そういう感じですか」

「いや」

周助は他人と話す時の常であるぎこちない笑みを浮かべた。笑ったのはたぶん今日一日でこれが初めてだった。

「そういうのじゃないです。僕も変わらず、最近のAKILAさんが好きです。ただ」

「ただ？」

「AKILAさんって、たぶんチトセさんのこと認知してると思うんですよね」

「え!?」

チトセが大声を上げ、そのあと口を手で塞《ふさ》ぎ、周りを見回した。周助は言った。

「あのイラストを、AKILAさんも見たと思うんです。だって僕だったら、絶対エゴサしますから。反応しないのはAKILAさんなりの距離感なんだろうけど、最近のAKILAさんは、あのキャラデザに喋り方を寄せてる気がします」

チトセが「えっえっ」とどもりながら、

「いやいや」

と真面目な表情で顔を上げた。顔が赤くなっている。

「ないですよ」

「僕はあると思います」

「寄せてるって、どういうところがですか」

「最近のAKILAさんは、活き活きしてます」

周助は言った。

「姿形《すがたかたち》がある人の喋り方です」

店内には流行りのポップスをインストアレンジしたBGMが流れていた。チトセは赤い顔で周助の言葉を否定し、顔の汗を手であおぎながらコーヒーカップを口に運ぶということを何度か繰り返したあと、言った。

「でも、もしそうだとしたらめちゃくちゃ嬉しいです」

その言葉に周助は小さく頷いて、話題を変えた。

「そういえばさっき、AKILAさんが有名になるのが夢のひとつだって言ってましたよね。チトセさんには、他にも夢があるんですか」

「ああ」

チトセが髪を耳にかけ、なおいっそう小さくなった。そして彼女はテーブルの隅に寄せた同人誌の束に目をやると、輪をかけて恥ずかしそうに言った。

「将来の夢があるんです。唯一の特技を活かした仕事に就きたくて」

へえと周助は好意的な関心を示す声で言った。漫画家やイラストレーターだろうか。

「私、ゲームクリエイターになりたいんです」

チトセが言った。

「『雪のセレン』みたいなゲームが作りたい。魅力的なキャラが出てくるノベルゲームです。それで、キャラのデザインを私がやりたい。自分が考えたキャラが喋って、物語を展開して、『雪のセレン』で私が感じたみたいな感動を、人に与えたいんです」

大きな秘密を打ち明けでもしたようにチトセが胸に手を当てて息をついた。周助は感嘆のリアクションをして、チトセならできると伝えた。恐縮するチトセを前に、周助は彼女の絵や感性の素晴らしさを熱弁した。

「チトセさんならできます。チトセさんの絵には、特別な魅力があります」

彼女に対してずっと思っていたことがある。そんなに人の反応が欲しいなら、もっとメジャーなジャンルの二次創作をすればいいのに、と。でもその疑問への答えはすぐに出た。彼女はその中では埋もれてしまうのだ。

周助は今日まで、同人誌というものを生で見たことがなかった。さっき初めて他の人が描いた同人誌たちを見て、思った。世の中には確かに、チトセより上手い人がたくさんいる。上手い下手を抜きにした、センスのようなものの面でも。

チトセは、凡だ。

「僕は、チトセさんの絵のファンなんです」

前のめりになる勢いで言うと、チトセがドギマギしながら、少し体を引いた。その顔に初めてわずかに警戒の色が走ったのに気がついて、周助は「あっ」と動揺した。やらかした。気持ち悪がられてしまった。

自分の片手をもう一方の手で覆って体に引き寄せ、防御のポーズで硬直していると、チトセが「あっ」とさっきの周助と同じく、うろたえたような声を出した。こちらの〝設定〟を思い出し、自分の勘違いを申し訳なく思っているような声だった。

彼女の顔からはもう警戒色が消えていて、逆に、自分が相手を傷つけた側であるような表情をしていた。周助は自分が今、わざとではないにしろ、嘘で手持ちに加えたカードを切った形になったのだと自覚した。最低だった。しかもこの場合、他人に対する距離感の詰め方が変であることと、性的指向はなにも関係がないのに。

「ミッチョさん、ありがとう」

チトセが言った。

「私がまた描けるようになったのは、ミッチョさんのおかげです」

まっすぐに言われて、胸が苦しくなった。お礼を言うのはこっちのほうだ。チトセのあの絵を見た時、本当に嬉しかった。でもその気持ちを伝えるわけにはいかない――と思ったが、それはミッチョとして発言しても破綻はない言葉だと気づき、

「僕のほうこそ」

と周助は言った。

「あのイラストを描いてくれて、本当に、ありがとう」

こちらの言葉にチトセが笑った。

罪の意識と同時に、周助は夢想した。

夢があるなんて言うくせに、いちいち人の反応にくじけて、やめる・やめないを軽々しく口にしてしまう彼女は、弱い。自分たちは弱さが似ている。お互いに養分を供給し合っている。そして彼女は、自分に水をせっせとやっているのが誰かも知らずに笑顔で咲いている。

きっと彼女はそう遠くないうちにAKILAの絵を描くことをやめるだろう。自分だって、もうミッチョではいられない。ついた嘘の卑劣さを思い知ってしまったから、もうミッチョは続けられない。近いうちにミッチョは消えるべきだ。受験だのなんだのといった、半分事実のことを言い訳にして。

しかし、夢想は続く。

「チトセさん。僕、思うんです」

周助は言った。

「僕はチトセさんの作品のファンです。同時に、AKILAのファンでもあります」

周助の言葉にチトセが「はい」と頷きながら、いまいちよく理解できていない顔をした。

「だからチトセさん、夢を諦めないでください。ゲームクリエイターになって、それで将来、チトセさんが作ったゲームをAKILAが実況するんです」

ええっ、とチトセがのけぞって、笑った。

その後はふたりで、そうなったらどんなに素敵だろうかと夢を膨らませて語り合った。

新幹線の時間が来て、A駅からチトセと電車へ乗り、ターミナル駅で一緒に降りた。別れ際に、それぞれ逆の方面へと向かう分岐点《ぶんきてん》で、その日最後の言葉を交わした。

「チトセさん、夢を叶《かな》えてください」

周助の言葉にチトセが両手の拳を握ってみせ、「任せて」と親指を立てて去っていった。その後ろ姿を親愛の表情で見送り、彼女の背中が人混みに消えるまで見届けると、周助は踵《きびす》を返して、顔を無表情に戻した。どうだかな、と自分が乗る電車の方面に歩きながら、冷笑的な気分になった。きっとまた些細《ささい》なことで彼女は落ち込んで、このままだとその未来は叶わない気がする。

でも、水を与え続けたらどうだろう？

そして、周助は決心した。

乗り換えのために駅ビル同士を繋ぐ4Fの連絡通路を通ると、いったん空が開けて、空中庭園のような景色になった。緑化運動で植えられた草花に、ビル管理者の制服を着た中年男性が機械で水をやっていた。花壇から溢《あふ》れた水が床の敷石の目地を流れて、周助の足元まで届いた。

チトセがどれだけくじけて、心が折れそうになっても、自分の言葉で彼女を正しい道へと戻そう。

彼女が誰にどんな言葉で才能を否定されても関係ない。努力をすればきっと夢は叶うから。

彼女がどれだけ自分に自信を失っても関係ない。歩み続ければきっといつか輝ける時が来るから。

彼女の絵がどれだけ左右のバランスが崩れていようと関係ない。彼女が親や友達に進路を反対されても関係ない。自分の夢に見切りをつけて他の道へ向かおうとしても関係ない。彼女に将来、恋人ができて、自分の夢か、相手との幸せな将来かの択一で後者を選んだとしても関係ない。

水を与え続けた結果を見てみたくなった。

ポペン、と音を立ててスマホにメッセージが届いた。チトセからのＤＭだった。

〈無事、新幹線に乗れました。

今日は本当にありがとうございました。すごく楽しかったです。

AKILAさんとのコラボという新たな将来の夢ができて、前向きな気持ちになりました。

がんばります。

ミッチョさんもがんばってね〉

ＤＭを閉じると、周助はTwitter上からミッチョのアカウントを削除して、スマホを仕舞った。最後に見た〈がんばってね〉の文字が頭にちらついた。

言われなくても、これから忙しくなりそうだった。

＊＊

真夏の大学構内は蒸していた。

霧雨が漂い、下に溜まるような重い湿度が満ちている。ゼミのある棟から渡り廊下に出たところで声をかけられ、周助は相手のほうに顔を向けた。

「荒木くん、今帰り？」

同じ学科の男子学生だった。顔と名前が一致しないが、山本《やまもと》だか山口《やまぐち》だか、山が付く苗字だということだけは思い出せる細長い顔の男子だった。

「今日さ、これからみんなでくじら屋《や》に行くんやけど、荒木くんもどう？」

OBが出している居酒屋の名だった。周助が「バイトがあるから」と言うと、相手は「わかった。また今度な」と、人数合わせで声をかけたに過ぎないことがわかるあっさりした反応で、連れたちの元へ戻っていった。

ボディバッグを背負い直して周助は大学の門へ向かった。ここ数年は散髪の手間をなるべく省くためにとにかく短くしているベリーショートの髪から地肌を伝って雨の水滴が垂れた。

後ろから、さっきの男子たち数人の陰口が漏れ聞こえてきた。

——いつはさ、——き、た——い、だから。——。

ははは、という笑い声ともつかない体の中の冷笑を吐き出す音。

周助はイヤホンをはめた。自分に対する雑音を消したいからではなく、単なる習慣だった。

バイトを終えて帰宅すると、弁当屋のシャケ弁を食べてから防音ボックスの前に座った。

大学進学を機に始めたひとり暮らしのこの1Kの賃貸アパートは、家賃相応の防音性しか備えていない。自分でパソコンデスクの上に設置した四角い防音ボックスの中に頭を潜らせてパソコンを立ち上げると、黄色い防音材が敷き詰められたボックス内部が宇宙船のコックピットのように、キューブリック映画じみた雰囲気で照らされた。

「おはこんばんちは。AKILAでございまーす」

普段は録画だが、今日はライブ配信の日だった。配信をオンにした状態でマイクに話しかけると、早くも視聴者からのコメントがついた。

〈AKILAおつー〉

〈待ってた〉

〈飯食いながら待機してました〉

〈生きる喜び〉

〈今日も声が国宝〉

〈AKIRA仕事帰り?〉

〈↑AKI「L」Aだよ　間違えんなよデコ助野郎〉

新作のホラーゲームのスタート画面を前に周助は続けた。

「さ、今日はね、みなさんお待ちかねの『デッド・ドア・ディライト』をプレイしていきたいと思います。あの名作『GGG』を出したリトルゴブリン社の新作ということでね、デッド・ドア・ディライト、略してDDD、今回もスタート画面にアルファベットが三文字、並んでおります。しかしなんですかねこのスタート画面、もうこの時点ですげえ、おどろおどろしいですね。では早速、やっていきます」

視聴者コメント欄がひとつひとつに目を通す間もない速さで流れていく。開始して数分ほどで観覧者数が千五百人を超えた。他の実況者に遅れを取らないよう、いち早く話題の新作ゲームを選んだということもあるが、ゲーム実況者としては中堅どころと言っても差し支えはない数字だった。

配信を終えて、SNS更新などのもろもろの残り作業をしていると、スマホが震えた。姉からの着信だった。ちゃんとした要件がある時だけ連絡をしてくる人物なので電話に出ると、ついこの前に大腸憩室炎で簡単な手術をした母親の予後の報告のあとに、『そういえばこないだ森《もり》くんと飲んだんだけど』とついでのように言われた。森くんというのは姉の恋人の弟の友人で、周助と同じ大学に通っている。

『あんた学校でなんて呼ばれてるか知ってる？』

知っているのでうんと答えて切ろうとすると『意識高い系、だって』と、まるでとうの昔に既知になったその言葉が最近の画期的な発明であるかのような声のトーンで姉が言った。おやすみと伝えて周助は通話を切った。

どうでもいいことを頭から切り離して明日のバイトのことを考える。周助のバイト先であるハイドロワークスは、ＷＥＢコンテンツやプロモーション企画を扱う従業員数が二十名弱の会社で、ハイドロワークス側が大学卒業後の新卒採用を見越して周助を雇用していることから、バイトというよりも実質、インターン先だった。

従業員数的には規模の小さい会社だが、業績はここ十年で安定して伸びていて、若者の間での認知度も高い。人気のあるＷＥＢライターが複数在籍していて、YouTubeチャンネルも設置しており、そのチャンネルの動画がよく再生数のランキングに上がっているので、働く以前から周助もその会社の名は知っていた。

高校一年の夏を境に一日も欠かさず動画投稿を続けたAKILAのチャンネルの登録者数が五万人を超えた大学二年の日に、周助はハイドロワークス社のＨＰの採用メールフォームから履歴書と採用志望のメールを送った。

返ってきたのは、丁寧な不採用通知のメールだった。しかしその明らかに定型文であるメールに返信《Re》する形で自分がゲーム実況者のAKILAであることを添えた文を送信すると、数日後に、会社の代表から電話がかかってきた。

「エビフライは好きかね」

それが代表の第一声だった。周助は「揚げ物はあまり好きではないです」と返し、そんなことよりも採用してもらえるのかどうかと訊ねると、その週明けからアルバイトとして登用となった。

意味不明な質問も、まだ四十代だというのに「〜かね」という漫画の社長キャラのような喋り方をしてみせるところも、ベンチャー以外の会社ではあり得ない傾奇《かぶ》いたキモい挙動だと思ったが、構わなかった。

ずっとゲーム実況者として活動を続けていきたいという希望はすでに会社側へ伝えてある。

代表は、もちろん、というかむしろ、正社員になったあとも実況活動は続けてもらうと言った。より一層、今の活動に励んでもらうし、企業案件のYouTubeチャンネルにも携わってもらう、とのことだった。

そうなることに確信があったから周助はハイドロワークスを選んだ。むろん、この先の生涯をずっとゲーム実況者——YouTuber——として生きていくのが現実的な未来設計ではないことはわかっている。その形態で生計を立てられる時代が、いち個人においてこの先何年も続くとは思えない。だからこそ、自分がパフォーマーとして終わったコンテンツ《オワコン》になったあとも、別の形でその仕事に携われるよう、今のバイト先に就職しようと考えている。

ハイドロワークスでアルバイトをしていることは大学の誰にも話していない。そもそも、大学生になった今でも、そんな会話をするような人付き合いが学内の誰とも、ない。

だが、それこそ網のような人間関係の情報網で周助がハイワで働いていることはどこかから学内の生徒たちに伝わったらしく、そこそこリスナーがいるゲーム実況者であることもうっすらと知られている気配があった。誰とも付き合わずにせっせとインターンや名前を売る活動に励んでいるところが、意識高い系と揶揄《やゆ》されるゆえんなのだろう。

風呂に入り、無水カフェインの錠剤を口に放り込んで撮り溜め分の実況動画を収録しながら、防音ボックスの中で周助は画面に向かって明るいトークを繰り広げ続けた。眠いという感覚が消滅したのはいつからのことだっただろうか。自分を不眠症だとも思わない。人間、ずっと起き続けていることなんてできないから、時々訪れるぶつぶつと途切れるあの感じが自分にとっての睡眠で、特に不都合も感じていないから、やりくりはできているのだろう。若さがあるからできることで将来に祟るぞと言われても、では並大抵の人間でしかない自分が夢を叶えるためにはどうすればいいんですかねという感想しか出てこない。

夢という言葉を思い浮かべてしまったために周助の指が自動的に動いた。開いていたタブを収納して流れるようにパソコンでXの画面を開く。

チトセ、というアカウント名が表示された。しかしTwitter時代と違うのは、その上に〝東海林《しょうじ》〟という名字がついていて、〝東海林チトセ〟というしっかりとした姓名になっている点だった。

ゆるい絵柄で描かれたイラストをアイコンにした〝東海林チトセ〟が、五時間前につぶやきを投稿していた。

〈最新話を更新しました！〉

画像付きでブログへのリンクが貼られたそのつぶやきには、すでに四桁台のいいねがついていた。貼られている画像はチトセの絵柄で描かれた漫画の一コマを切り取ったもので、周助が知っている画風をわずかに残しつつも、ホンワカとしたタッチになっている。漫画のタイトル部分には、

『東海林家の日常～ネガティブ女子が理系彼氏のロジカル思考で快復した話～』

とあった。

チトセ改め東海林チトセによる、自分と彼氏との日常を題材にした、エッセイ漫画だった。

東海林チトセは最近、自身の初の著作であるこの漫画を単行本として出版した。

売れ行きは好調で、エッセイ漫画家としてさまざまなＷＥＢメディアにも露出している。しかし本人の将来の展望はあくまでもストーリー漫画家らしく、オリジナルの漫画作品のネームを描いては各出版社の企画会議に提出するという活動を精力的に行っていると本人がＳＮＳで語っていた。

チトセの変遷を周助はずっと目の当たりにしてきた。

〝ミッチョ〟がアカウントを消して以来、チトセはAKILAの絵を描くのをやめた。代わりに、別の人気実況者のファンアートを描くようになった。周助はハンドルネームを変えて新しいアカウントを作り、今度は人気実況者のファン界隈という大勢の中のひとりとなって、チトセの絵に肯定的なコメントを送り続けた。

人気のジャンルの中でチトセという絵師はやはり、目立たずに埋もれた。それにより〝どうせ私なんて〟というネガティブなツイートがまた多くなった。しかし周助が複数のアカウントを使いこなして彼女に応援のコメントを送り続けた結果、彼女はモチベーションを取り戻し、自分の興味の赴くままにまた別のジャンルに移動しては、周助が数多の別人となって彼女に褒め言葉を送る、ということが何度も繰り返された。

彼女がAKILAの絵を描かなくなって、別のジャンルに次々乗り換えたとしても、別に構わなかった。彼女が夢への道から脱線しないように陰から自尊心を支え、いつか念願が叶って『雪のセレン』のようなゲームを作った彼女と一緒に夢の場所に立てるよう、力を尽くすのが自分の人生の仕事で、あのオフ会の直後に、自分の卑劣な嘘に耐えられなくなって、ミッチョのアカウントを削除するという自分勝手な形で彼女を傷つけた自分の使命だと心に決めていた。

彼女が「漫画家になりたい」と言い出したのはいつのことだっただろうか。

そのつぶやきを見た時、正直、眉間に皺《しわ》がよって「ん？」と声が出た。ゲームクリエイターの夢はどうした。

梯子《はしご》を外された気持ちにはなったが、その頃の周助はすでに何度も彼女の移り気に付き合い続けた結果、習い事が続かない小学生の子供を持つ親のような心境に達していた。自分は自分で彼女との夢を叶えるためにゲーム実況者として努力を続け、ハイワの社長以外にも他のＷＥＢメディアから声がかかる程度には知名度を得始めていたから、たとえこの先もう彼女とは道を違えることになったとしても、彼女が新しい夢に向かって邁進《まいしん》しているならば、この数年間はお互いにとって無駄な時間ではなかったように感じた。この時すでに周助はあまり眠らなくなっていて、きっと漫画家になるのも並大抵ではない努力が必要なことだろうから、同じ地獄に誰かが一緒にいてくれるというだけで心強かった。

嫌な予感を抱いたのは、チトセに彼氏ができたという気配をツイートから感じた時だった。

正直に打ち明けると、その瞬間、真っ先に、普通に、苛立《いらだ》った。なにやってんだよ、と思った。自分は一度も、恋人を作ったことがない。作らないというより、相変わらず非モテであるから欲しいと思ってもできないだろうが、できたとしても作らない。そんな暇がないからだ。

目標があるくせに男にかまけてなにやってんだよと思った直後に、吸ったこともない煙草《たばこ》をコンビニで買って部屋で吸い、咳《せ》き込んで死にそうになってから正気を取り戻して、恋人ができることと夢から降りることは別にイコールではないなと思い直した。

チトセはそれからオリジナルの漫画をアップするようになった。出版社に持ち込んでボツになったという短編を載せることもあったが、その作品を読んで、周助は少し驚いた。これでボツになるのかと思った。特別に面白いとは言わないが、素人目から見れば漫画雑誌の読み切り枠に載っていてもおかしくはないのではないかと感じる内容で、事実、チトセによるそれらの漫画には毎回、そこそこの数のいいねがついた。

上達している。

その事実を前に、周助は衝撃を受けた。ずっと見つめていたつもりが、実際に作品を見るまで彼女の成長に気づかなかった。修行中の身で男とちゃらちゃら遊びやがってと小馬鹿にしていた自分を、周助は恥じた。恥じたぶんだけ、それを取り戻すかのように、周助の心に敬服と、対抗心が起きた。

自分ももっと努力しなくては。

ますます作業に没頭した。チトセも周助も徐々にフォロワー数を伸ばしていき、気づけば周助は、精神的に春の季節の中にいた。花ざかりの中で暖かな風に吹かれているような、爽やかな気分だった。もうすぐ夏がやってきて、その熱風で自分とチトセはさらに飛躍する。チトセは近いうちに漫画家として花咲くだろう。そして自分は忍者の修行のようにその上をジャンプする。

ある日、チトセが新しい漫画をアップした。

〈のろけ漫画ですみません。相方との会話で面白いことがあったので漫画にしてみました〉

相方というのはチトセが彼氏を指す時の語だった。

その漫画はチトセと彼氏のやりとりを実録したもので、ついネガティブ思考になって落ち込んでしまうチトセに、彼氏が理系出身ならではの合理的な対人関係ソリューションを提案し、チトセの目から鱗《うろこ》が落ちる、という内容がいつもと違うエッセイ漫画向きの簡略化されたタッチで描かれていた。

周助がその漫画を目にしたのは日曜の午後で、その時にはすでにバズっていた。リプライにはフォロー外からのコメントがいくつも並んでいた。〈彼氏さんかっこよすぎる〉〈解決法がクレバーすぎて膝を打った〉〈私も次からこの考え方を取り入れてみようと思います！〉〈恋人のことを相方呼びする奴はだいたいブス〉〈もっと読みたいです！〉アンチコメが混ざりつつも、とにかくバズっていた。チトセはそれからそのエッセイ漫画をほぼ隔日でアップするようになり、周助がなにかを思う間もなく、半年後には書籍化の運びとなった。出版に際してチトセは苗字を冠する形でペンネームを改め、東海林チトセになった。

出版後、『東海林家の日常〜ネガティブ女子が理系彼氏のロジカル思考で快復した話〜』略して『ネガロジ』のAmazonレビュー欄にはずらりとレビューが並んだ。半数の肯定的な意見と、〈彼氏の提案するソリューション（笑）が別段目新しいものではなく、既存の自己啓発本からの引用ばかりで、なにがウケているのかまったくわからない〉〈彼女の頭が悪くてイライラする。女性全体を貶《おとし》めている〉〈かわいい絵柄で自分たちの夜の生活にも言及しているのがグロくてキモい〉といった半数の否定的な意見。AmazonレビューとSNSの反響にざっと目を通し、アンチコメントの中でもチトセに具体的に危害を与えるようなことを仄めかしているコメントを片っ端から通報処理して、周助はパソコンの前から立ち上がると自分の手にある届いたばかりのネガロジをベッドに叩きつけた。頭をかきむしったあとに防音ボックスに首から上を突っ込み、

「なにやってんだよ！」

と黄色い箱の中で絶叫した。

終わりだ、と思った。こんな風に自分を切り売りするようなことをしたらフィクション作家としての彼女のこの先は終わりである。彼女がエッセイ漫画で売れることを本望としているならなにも問題はないが、チトセ自身はいまだにXで〈オリジナル漫画を描きたい。『寄生獣《きせいじゅう》』みたいな、右頬を打たれたような気持ちになる漫画で人々を感動させるのが私の目標です〉と発言し続けている。なぜ右頬なのか、左頬では駄目なのか、たぶん〝頬を打たれたような〟という慣用句と〝右頬を打たれたら左頬も差し出せ〟といった聖書の一節を混同してしまっているのだろうが、それはさておき、終わりだと思った。この手のエッセイ漫画を発表して、その後フィクション作家として大成した例を、少なくとも周助は知らない。発表の順序が逆ならともかく、創作で成功する前に私生活を作品にするのは、私には自分自身から離れた部分でフィクションを構築する力がありませんと自ら宣伝して回ってしまっているようなものだ。

終了。

オワタ、と周助の口から死語が漏れた。防音ボックスの中でそのつぶやきは壁に吸い込まれて消えた。

チトセのXでの発言は徐々に妙な香りを放つようになった。

〈将来、子供が生まれて男の子だったら、ピンクが好きな子にしようと思う。性別に囚われるなんてナンセンス！〉

それはピンク色＝女の子のものという既存の価値観の単なる逆張りで、むしろめちゃくちゃ性別に囚われているではないかという突っ込みと、その男の子の好きなのがピンクだろうと青だろうとその嗜好《しこう》を尊重するのが真の自由であり、というか、本来、子供が自由に選択するはずの嗜好を〝しよう〟などといってのけるチトセに対する胸のざわめきなどが周助の胸に渦巻いた。キモい。とにかくすべてが、キモかった。

キモさで死にそうになりながら、周助は今日もAKILAとしてゲーム実況動画を収録し続けている。

ヂイイと悔しさでほぞを噛《か》むように唸《うな》ったあと、ポッと音を立てて消臭剤が空気に芳香を吐き出した。

ハイドロワークスのオフィス内で、周助は自分に与えられた片隅のスペースを使って上司の企画書に挿入する図をパワーポイントで作成していた。

室内で皆が黙々とパソコンに向かっている一方で、廊下を挟んだところにある会議室からは、時おり爆笑のような声が聞こえてくる。芳香剤を定期的に噴出する装置の近くに陣取っていると、自分が暗い森の中で胞子を吐き出すキノコ系の精霊であるような心地になってくる。腋《わき》が痒《かゆ》かった。長年のコンプレックスだった体臭を若干解決してくれたデンマーク製のデオドランドクリームは、強力な効果とともに肌へかぶれをもたらした。真のソリューションは痛みを伴う。

「AKILAくん、今、何中《なにちゅう》？」

制作部のデスクに斜め後ろから声をかけられた。なんの作業中かは彼の位置から視認できるパソコン画面を見れば明白なので、手を離せる状態か否かという質問だった。

「ちょっといい？」

呼ばれて隣の打ち合わせ部屋に移動すると、オレンジ色のヨギボーに腰かけて彼が言った。

まず初めに、昨日のゲーム配信見たよから始まった。次いで、ツイキャスのラジオ配信にも言及された。半分は自主的に、半分はハイワの橋渡しで、AKILAと同じくらいの知名度のYouTuberやVTuberと時々リモートの対談形式で配信している、馴《な》れ合いのような取り組みだった。「面白かったよ。雁木《がんぎ》マリさん、いいよね」とデスクが昨日のコラボ相手であるVTuberの名を出して頷いた。

「それで、またコラボの依頼が来てる」

「どなたですか」

「漫画家のね、知ってるかな。東海林チトセさんっていう方だよ」

気づけば、周助は立ったまま目を閉じていた。夜の森の音が聞こえる。木々が擦れ合い、月光を浴びて菌類の妖精が木の洞《うろ》の中で静かに胞子を吐き出している。「ちょちょ、どうした」立ち上がったデスクに顔の前で手を振られ、周助はゆっくりと目を開けた。

「東海林さんね、デビュー前からAKILAのファンだったんだって。最近、宣伝活動で音声配信を始められて、コラボ相手を考えた時に、真っ先にAKILAが思い浮かんだそうだよ」

月に夜と書くと聞けば一見は洒落《しゃれ》ているのに、実態は腑だ。

そんなことを考えながら、「真っ先に」というのはたぶん嘘だろうと思った。

「どうかな？　最近人気の漫画家さんだし、AKILAくんの新規フォロワー獲得にも繋がると思うんだけど」

チトセのほうもおそらく同様の考えでAKILAを指名したのだろう。もっと有名な相手をコラボ相手に選んだほうが宣伝効果はあるだろうが、格上すぎるとオファーの時点で振られる。今のチトセにとってAKILAは手頃な相手だ。デビュー前からファンだったという点は本当だから、対談にあたって予習にリソースを割く必要もない。

「初期から応援してくれてた古参ファンからのラブコールだよ。泣けるね」

そう言って再び腰を下ろしたデスクの顔に嫌みはなく、しかしながらそれを本当に美談だと思っているというよりも、こういうの好きでしょと大人が子供にとりあえずアンパンマンかピングーを見せておく時のような舐《な》めがあった。

デスクの表情と、チトセが重なった。彼女もこれを一種の美しい話だと思っていて、自分の申し出が少なくとも相手に悪い気はさせないと考えている。これぱかりは自分の被害妄想ではなく、確かだと感じた。健気で泣かせるロマンチシズムの花束をこっちに向かって差し出している。

周助が返事を発する前に、デスクのスマホが鳴った。「ちょっと失礼」と彼が打ち合わせ部屋を出ていき、閉めた扉を一枚隔てた廊下で電話口の相手と何事かを話し始めた。「あ?」とデスクが呆《あき》れたような声を上げる。「なんだあいつ、調子乗ってんな」ため息。周助たちバイトに向けるのとはまた違う粗野な口調のデスクの声が、打ち合わせ部屋の中にいる周助の耳にも届いた。

そして彼は、嘲笑《ちょうしょう》と怒りとやるせなさと、冗談めかさなければやってられないという悲哀の混じった声で、言った。

「ひとりででっかくなったみたいな顔しやがってよ!」

通話を終えて部屋に戻ってきたデスクへ、周助は言った。

「やります」

おおそうか、とデスクが笑った。

「そう言うだろうと思って、買っといたよ」

これで予習しな、とデスクが周助に真新しいネガロジの単行本を差し出した。すでに所持しているその本を受け取り、礼を言った。

「こんな人気の人から声をかけてもらえるなんて、光栄だし、AKILAくんはラッキーだよ」

今、なんと言われたのだろうか。あたかもチトセのほうが格上であるような言い方だ。しかし世間的な視点で考えてみると、今やそれは事実だった。自己啓発的な側面のある本を出したことにより幅広い層から支持を得ているチトセと、ゲーム実況という、マスで見れば〝界隈〟でしかない場所で半端な人気を得ている自分。

「AKILAくんの都合が合えば、来週あたりで考えてる。もしOKしてもらえたら、東海林先生、東京まで来るってさ。都美でやってるマティス展を見に行きたいらしい。お互い顔出ししてないし、ブランディング的にパーソナルな部分を見せたくなかったら対談は音声のみのリモートで組むけど、その場合は東海林先生にうちの会議室を使ってもらおうと考えてるよ」

終わったあと飲み会への移動がスムーズだからね、とデスクが指先で本棚を整えながら言った。

渡された単行本の表紙を見つめたあと、顔を上げて彼に改めて礼を言うと、デスク

は目を見開いて、

「AKILAくんって、そういう顔で笑うんだね」

と、少しだけ気味が悪そうに言った。

＊

エレベーターに乗って上階のボタンを押すと、扉が閉まって〝1〟という数字の横に上昇を示す矢印マークがついた。

〈ゲーム実況者のAKILAさんと生配信で対談することになりました！〉

東海林チトセが三日前に投稿したXだった。

上昇するエレベーターの階数表示が〝2〟に切り替わった。

〈初期の頃からファンだったので本当に嬉しい。AKILAさんと話せるなんて夢みたい。めちゃくちゃ緊張してると思うけど、みなさん、よかったら聞いてくださいね。〇日の19時からライブ配信です〉

東海林チトセの一昨日の投稿だった。

周助はスマホ画面を上方向に繰り続けた。エレベーターの箱が上昇するのにともなって、ここ数日のチトセのXが古いものから順に画面へ現れた。

〈対談、いよいよ明日だ！　緊張する～〉

一日前の投稿。

〈話変わるけど、また悲しいニュースを見てしまった。同性愛差別なんて早くなくなればいいのに。昔は衆道って文化もあったくらいだから、歴史的にも広く認められていることなのにね〉

女人禁制の環境で発生した女性の代替品としての衆道と、同性そのものを愛す同性愛では成り立ちがまったく違うと思うのだが、その点をチトセはどう考えているのだろうか。

〈男だ女だなんて本当に馬鹿らしい。性別なんてなくなればいいのに。性別なんて本当にナンセンス。同性愛差別に反対します〉

最後の言葉はともかく、同性愛者にとっては相手が同性であることが重要なファクターである場合も多いだろうから、同性愛者のアライアンスでありながら性別そのものを否定するチトセの論は自己矛盾している。十五時間前の投稿だった。

社会へ物申すチトセの投稿には多数のいいねが付き、リプライや引用Xには多くの〈ほんとそれ〉や〈同意します。先生、頑張って〉といった応援コメントが連なっていた。こうした反差別のXを投稿することで、チトセはリベラル層からの票も得ているようだった。しかしながらコメントの中には、周助が感じたのと同様のことを指摘する声もちらほらと存在した。それらを見て、周助は前々から抱いていた予感を、確信へと変えた。

これ、炎上手前じゃないのか。

東海林チトセのXからは、これまでネット上で何度か嗅いだことのある匂いがする。誰かが火を投げ入れれば一気に炎が燃え広がる枯野の匂いだ。

周助の頭にイメージが膨らんだ。

きっと対談の場でもチトセは同様の、思慮の足らない発言を行うだろう。ミスをしないようなら、その手の話題にこちらから水を向けてみてもいい。対談は生配信されていて、リスナーからのコメントがリアルタイムでオープンにされている。

リスナーはチトセのファンが大半だろうが、数で負けるとはいえAKILAのファンも対談を聴取しに来るだろう。チトセのファンとAKILAのファンは、毛色が違う。チトセのファン層が表向きは他人のことを妬《ねた》みも嫉《そね》みもしない、例えるならInstagram系であるのに対して、AKILAのファン層は怨念や気鬱が渦巻くX系だ。

周助は自分の中の、青色だったはずのものが、赤へと色を変えているのを感じた。

コメント欄がどうなるか——周助は目をつむって息を吸い、緩やかに吐き出しながら薄く目を開けた。——見ものである。

〈いよいよ本日、このあと19時からです！　対談にあたって東京にやってきまし

た〜〉

ピン、と音を立ててエレベーターが目的の階に達し、扉が開いた。ビル内の三フロアを本社にしているハイドロワークスの八階だった。首から下げたスタッフ証を揺らしながら周助が廊下を進むと社員とすれ違い、お互いに会釈付きで挨拶をした。

約二時間後に始まる東海林チトセとのライブ配信を、周助は会社の許可付きでこの八階から行う予定だった。自宅にある防音ボックスが壊れたからである。周助はオフィスの男子トイレに寄って手を洗い、東海林チトセから格下だと見なされたあの夜に防音ボックスをボコボコに殴って破壊した際にできた手の甲の傷を、洗面台のハンドペーパーで拭いた。

チトセのほうは、このワンフロア下である七階の会議室で配信を行う予定である。社員たちには、AKILAの顔を東海林先生に知られたくないので、万が一、彼女がいる時に出くわしても「AKILAくん」などとは声をかけないでほしいと伝え済みだ。虚像で売っているVTuberなども在籍しているためにその辺をよく心得ているハイドロワークス側は、わかった、と二つ返事でその旨を皆に通達した。

使用許可を得た部屋に入ると、周助は配信作業のセッティングを開始した。半円状のソファが置かれたその部屋はハイワに在籍しているインフルエンサーがYouTubeチャンネルの動画撮影を行う際に使われる空間で、今夜は周助ひとりが貸し切っている。

セッティング中に、スマホが震えた。社内グループラインのメッセージで、〈東海林チトセ先生が到着されました〉とあった。

配信機材の準備を終えると、周助はソファに腰かけて目を閉じた。このワンフロア下に、チトセがいる。自分のほうが上にいると思うと気分がよかった。だからこの場所を選んだ。思えばずっと同じことをしていると感じた。チトセの知らないところで上にいるのが好きなのかもしれない。

ぶつっと電源の落ちる感覚があった。気づけばスマホのアラームが鳴っていて、配信開始の五分前に周助は約三十分間の意識消失から目を覚ました。無水カフェイン錠を口に入れて、ヘッドセットのボイスチェンジャーをONにする。マイクを口元に引き寄せて顔を上げた時、周助はすでにAKILAだった。配信画面では待機中のリスナーが早くもコメントを交わしている。次の瞬間、画面にポップアップが表示された。

〈東海林チトセさんが入室しました〉

周助は「アエイウエオア」と短い発声練習を行ったあと、一万円札を折り畳んで無理やり笑顔にした福沢諭吉《ふくざわゆきち》のような満面の笑みで、入室のボタンをクリックした。

『私、本当に、昔からずっとファンだったんです』

〝東海林チトセ〟が画面越しに言った。〈no image〉と書かれた人の胸像型のピクトグラムだけが表示されているウインドウの横では、音の波形を表すイコライザーが彼女の声と連動して映し出されていて、彼女の声の調子通りに弾んでいた。

「それは光栄だなあ」

口の形を〝エ〟のE音に作った笑顔のまま、周助は言った。周助の声に合わせてイコライザーが楽しげに跳ね回る。

「いやね、もうすっかり恐縮してます。僕のほうこそ東海林先生のお名前は以前から存じ上げてましたから、トーク配信のお誘いが来た時は驚きました」

チトセが『あああ』と感極まった半泣きのような声を発して、

『信じられないです。昔の自分に、今こうやってAKILAさんと話してるよって伝えたいです。漫画家やっててよかったあ』

と言った。

リスナーのコメント欄に新しい文章が投稿された。〈東海林先生かわいい〉〈ガチのオタ泣きやん〉

『私、「口裂き女」の頃から見てるんですよ』

「なっつかし！　めちゃくちゃ初期じゃないですか！」

『力水を飲むのはもうやめちゃったんですか……？』

「最近あんまり売ってないんですよー」

チトセが口にする内容から、やはり彼女が最近のAKILAの動画を見ていないことを察した。今交わした内容について、AKILAは過去動画の中ですでに散々語っている。対談に際して事前にいくつか直近の実況動画を見てきた程度なのだろう。

「いやいや嬉しいですね。今回の対談にあたって、僕も東海林先生の作品を拝読しました。好評で、僕のバ先のハイワ内でも読んでる人がたくさんいて、前から周りにオススメされてたんですよ」

恥ずかしげに礼を言うチトセを前に周助は続けた。

「すげえ面白かったです。ゆるい日常を描いた手に取りやすい作品でありながら、対人関係においてめちゃくちゃ使えるライフハックを教えてくれるのがいいですね。俺もね、まあ動画を見てくれてる人たちはご存じの通り、あんま友達がいないからさ、人間関係でよく悩むんだ。この本で特に心に残ったのはね、彼氏さんの『例えば死後の世界がどうなっているかを生きている僕たちが知ることはできないから、考えても意味がないように、自分の力が及ぶ範囲のみでの建設的な思考をすべきだ』って台詞《せりふ》です」

ばりくそカントのパクリである。コメント欄には、AKILAのファン層と思しきリスナーたちから〈AKILAの友達は俺だ！〉〈俺らがいるじゃねえか、AKILA涙拭けよ〉という言葉が流れていた。

『相方が、よくハッとする言葉をくれるんです』

チトセが言った。イコライザーの波形は彼女が発した慎ましく微笑《ほほえ》んでいるような声のトーン通りに、〝しずしず〟というオノマトペがぴったりの動きで揺れていた。

「相方」

周助はそこでわざと、とぼけて復唱した。

「ああ、彼氏さんのことですね」

『はい』

「パートナーさんのことを相方と呼ぶ方、いらっしゃいますね。そこには東海林先生の、なにかお考えがあったりするんでしょうか」

『はい』

イコライザーが俄然《がぜん》、息巻いたかのように大きく跳ね上がった。音階が一段上がった声で、チトセが言った。

『私たちの関係を言い表すのに、それが一番しっくりくるからです。彼氏とか彼女とかって呼ぶよりも、ひとりの人間同士がタッグを組んでいるようなイメージで』

「なるほど」

バリバリ肉体関係があるくせに。背の高い彼氏と小柄な自分がそういった行為をするとフィジカル的にはキツいけれど、普通のカップルよりも男女の体格差を感じられて幸せだとエッセイ漫画で描いていたくせに。

コメント欄に〈いい考え。うちとこでも採用してみようかな〉と賛同意見が上がった。

しかし、次にチトセが発した言葉で、その流れは少し変わることとなった。

『それに、性《しょう》にも合わないんですよね。彼氏が彼氏がって言うのって、なんかいかにも、女子って感じで。私、割とサバサバしてて男っぽいほうだから』

おっと。

周助は「ハハハ」と笑って「そうですか？」と穏やかなトーンで返した。パ、とコメント欄が更新されて画面が繰り上がり、リスナーが〈え、まさかの自サバ？〉〈テンプレすぎんよー〉と、にわかにざわつき始めた。

周助はヘッドセットのこめかみ部分に指を置いた。もっと追及してもいいが、AKILAの株が下がらないようにやらなくてはならないので、あたかも分別があるかのように、話題を変えることにした。

「漫画の中で、日常のあるあるネタを上手く描かれてますよね。先生は普段、どういったことから着想を得られているんですか」

『えっと』

チトセがうろたえるような声で言った。批判的なコメント欄を彼女も目にしたのだろう。

『家のことをしてる時とか……あ、それと、電車に乗ってる時に、よくアイデアを思いつきます』

「あ、わかります。移動中って色々浮かんできますよね。他にやることがなくて拘束されてるっていうあの環境がいいんですかね」

『そうなんです』

チトセがパン、と手を打つような音が聞こえた気のする声だった。話題が移って、いくぶんホッとした様子だった。

『それもあるんですけど、私はよく、他の乗客の方を観察するんです。といっても、若い人たちを下世話な目でジロジロ観察するわけじゃないですよ。ご年配の方とかを眺めて、その人が全盛期だった頃はどんなだっただろうかって想像するのが、私の趣味なんです』

〈こいつ、なんか香ばしくね〉

コメントを警戒したチトセが若干の取り繕いを入れたのもむなしく、コメントがついた。

〈その人のいつが全盛期だかなんて、その人自身が決めることだと思うんだけどな。

歳がいった人を見てはその人を勝手に〝終わった人〟扱いするなんて、ちょっとどうなの、この漫画家さん〉

〈エイジズムだよね〉

〈十分下世話だろ〉

スマホが震えた。この対談をモニターしている社内の担当者からのＬＩＮＥだった。〈アンチコメント投稿者が複数人いるので、各個、ミュートしました〉とのことだった。それにより加速していたコメント欄がいったん静まって、〈東海林先生の声って少し、きり丸《まる》の声優さんに似てる〉等の、平和なコメントのみになった。チトセのところにも同じ通達が届いたのか、彼女がまだ戸惑いを残しながらも、落ち着きを取り戻そうとしている声で言った。

『ごめんなさい、言葉選びが下手で』

「そんなことないですよ」

『まあ、そんな感じで、家事中とか移動中に、思いつくことが多いです』

〈わかる〉
パ、と一件のコメントが新しく投稿された。男性アニメキャラのアイコンを掲げたリスナーで、若い女性と思しき雰囲気だった。
〈私も漫画家を目指してて、散歩中とかによくアイデアを思いつきます。東海林先生

みたいな漫画家になりたい〉

『あ……』

チトセがつぶやいた。そのコメントを見たのだろう。暗闇の中で出口の光を見つけたような、少し、泣き出しそうな声だった。

『ごめんなさい、ちょっと嬉しいコメントがあって。この方、漫画家志望だそうです』

「本当だ。こういうの嬉しいですよね。おーい、コメントくれた人、聴いてる？　きみはたぶん東海林先生のファンなんだろうけど、俺もきみの夢を応援するよ。頑張ってな」

〈わ、わ〉

漫画家志望のそのリスナーから反応が返ってきた。

〈自分語りのコメントに反応してくださり、ありがとうございます。私もずっと東海林先生とAKIRAさんを応援します〉

「AKI〝L〟Aな！　〝L〟な！　無理すんな！　でもありがとな！」

チトセが笑い、コメント欄にも〈w〉が並んで場が和んだ。弛緩《しかん》した空気の中で、チトセが笑いの名残が混じった緩やかな波形で言った。

『あとねえ、さっき人間観察の話をしてちょっと表現を間違えてしまったけど、人間ウォッチングは、やっぱり好きですね』

よせばいいのに自分からほじくり返していくのは、失言をすべてこの機会のうちに清算しておきたいという小心からくる行為なのだろう。

「そうなんですね」

決して同意も肯定もしない相槌で周助は頷いた。

『はい。うがった見方だけじゃなくて、外に出ると微笑ましい光景もよく目にするじゃないですか。そういうのを見ると、幸せな気持ちになります』

「なんか最近、ほっこりエピソードとかありましたか？」

『ええ、昨日、東京に前乗りした時に、都立美術館で、とあるカップルを見たんです』

チトセの語りは止まらない。

妙にきりりと声色を澄《す》んだものにして、チトセが言った。

『カップルといっても、男女ではないです。若い男の子同士が、手を繋いで一緒にマティスの絵を見上げてました。周りの誰もそのふたりを変な目で見たりはしてなくて、さすが東京、と思うと同時に、早く全世界がこうなればいいのにと思いました』

チトセが言葉を切り、イコライザーがいっとき、平坦な一本の線になった。

「それは素敵な光景ですね」

『ええ』

チトセの声が、尊厳を取り戻していた。

「世界が早くそうなることを、僕も願います」

『はい、でも、そのふたり――』

チトセが急に、ぷっと吹き出した。

『そのあと、二階展示室に上がる階段の踊り場の隅っこで、電子タバコを吸い始めたんです。当たり前だけど禁煙なのに』

「ありゃりゃ。そりゃ駄目じゃないですか」

『いいんです。だって』

チトセの声が、夢見るように上ずった。

イコライザーの波形が山なりの稜線を描く。

その曲線を見た時、周助はなぜか、花嫁が投げる花束の放物線を連想した。

そして、夢見るような口調のままに、チトセはうっとりと言った。

『ホモは、存在するだけで尊いから……』

はい、アウト。

AKILAとしての周助はなにも言わず、沈黙していた。こちらが返事をせずに黙り込んだことでイコライザーの波形が心停止のようにまっすぐな線を描き続け、これが地上波なら放送事故と呼べるほどの間が流れたあと、リスナーのコメントが続々と表示され始めた。

〈え?〉

〈今、ホモって言った?〉

〈差別用語じゃん。てかこの人、リアルの同性愛をBLとして消費してる?〉

〈公共電波でホモ発言ネキ爆誕〉

〈AKILA引いてんじゃん〉

ガサゴソ、と画面の向こうから物音がした。向こうもノイズキャンセリング付きマイクを使っているだろうから、ほとんど聞き取れないほどのわずかな雑音だったが、チトセが青ざめて椅子から立ち上がったのだとわかった。

「東海林さん?」

周助は呼びかけた。返事はないが、わずかな雑音が続いているのでまだ音声をオフにはされていない。〈ホモネキ逃げた?〉批判コメントは止まらない。ハイドロワークスからのミュートを逃れた礼節あるリスナーも、もはやアンチに転じているようだった。〈このリテラシーでよく今まで炎上せずにこれたよな〉〈これだから女さんは〉

批判に混じって、新しいコメントが投稿された。

若い男性アニメキャラのアイコン。

先ほどチトセに応援コメントを送った、漫画家志望の女子からのコメントだった。

〈ごめんなさい、さすがに擁護できません。私はBLが好きで、だからこそ先生の今の発言はショックでした〉

画面の向こうから『あ、あ、』と震えた小さな声が聞こえた。チトセのものだった。

このままだと回線を切られてしまいそうだ。

なので周助は、当初予定していた通り、変わり身をすることにした。

「あのさ」

画面に向かって真面目な口調で、周助は言った。

「さっきからアンチコメント書いてる人たち。きみらに言うね。今から俺が言うことを、頼むからよく聞いてほしいんだ」

一語一語にしっかりと体重を乗せた声で、周助は咳払いをした。

「確かに今、間違った表現があった。ホモというのは、ラテン語で〝単一〟を示す言葉だ。自分と同じ性別の人を愛することを指すという意味では、言葉としてはもともとなんの罪もない。でもみんなも知ってる通り、差別用語というのは、その言葉がどういった使われ方をしてきたかで変わるんだ。悪意を込めて、ホモ、ホモ、と呼ばれて傷ついてきた人たちがたくさんいるから、もとは〝単一〟というフラットな言葉だったはずの〝ホモ〟は今では差別用語になっていて、代わりにゲイって表現が推奨されてる。〝ノーマル〟と〝ヘテロ〟に関しても、同様だね。そこで、ちょっと脱線した話をするんだけど、俺は昔、道端で子猫を拾ったことがある」

周助は自分の声が紡ぐ静かな波形を見つめながら話し続けた。

「ドラマでよくあるみたいに箱に入ってたんじゃなく、家の前のアスファルトの上に落ちてたんだ。まだ目も開いてなくて、一匹で震えながらミーミー鳴いてた。たぶん、なにかの理由で母猫とはぐれたんだろう。本当に生まれたてって感じで、しかも真冬で、車道だったから、ほっとけばそのますぐ凍えるか車に轢《ひ》かれるかして、死んでしまいそうだった。でも俺はその猫を、せめて道路の端っこに移動させるとかもせずに、放置して、家の中に入った。もし母猫が戻ってきた時に、少しでも人間の匂いや気配がその子に残ってたら、母猫が近づけないいんじゃないだろうかと思ったから」

言葉を切って、周助はマイクの位置を指先で調整した。

「でも、いつまで経っても母猫は戻ってこなかった。家の外からずっとミーミー鳴く声が聴こえてたんだけど、声がだんだん小さくなっていって、そこで俺は、もうタイムアップだと思ってその猫を保護した。俺が猫を飼ってることは、みんなも知ってるよね。それがその時の猫。どうして俺がその猫を拾ったと思う?」

周助は顎を上げて皆に問いかけた。

「人気取りのためだよ。俺はその時すでにゲーム配信をしてたから、猫飼いって属性が自分に追加されたら、さらに人気が増えると思ったんだ。しかも、ペットショップで買った血統書付きの猫じゃなくて、野良の雑種ってところが、好感度的に、またいいよね。今の話を聞いて、俺のことを嫌いになった人もいるだろう。でもね、つまりなにが言いたいかというと、それでも俺は、猫を一匹拾ったってことなんだ」

ぽつぽつとコメント欄が動く。こちらの発言とコメントには若干のタイムラグがあるものだから、〈なんの話？〉という戸惑いの声が多く見られたあとに、〈ああ、そういうことか……〉とAKILAの意図を早くも汲み取ったコメントが投稿され始めた。

「東海林先生は表現を間違えた。それ以外にも正直、俺も聴いてて『ん？』と思う箇所が、いくつもあった。でもね、マティスの絵を見上げながら手を繋いでるふたりを見て、世界が早く、全部こうなればいいのにって思う先生の気持ちは、果たして間違ってるだろうか。たとえ人気取りのためで、それゆえに知識が浅いところがあったとしても、『差別に反対します』っていう先生の、ひとりの意思表明があることによって、息がしやすくなった人が、この世界にはいるんじゃないだろうかと俺は思うよ。まあこうやって、『やらない善よりやる偽善』とひとこと言えばいい話を無駄に長々としたわけだけど、改めてみんな、今から俺が言うことを、お願いだから聞いてくれ」

そして周助は、よりはっきりとした声で言った。

「指摘するのはいい。常にアップデートしていくのが誰においても健全な状態だから。

でも、きみらもAKILAリスナーなら、頼むから口の利き方には気をつけてくれ。ひどい言葉で傷つけなくても、伝わるやり方があるんだっていう、他人と自分への信頼をもう少し持つようにしてみてくれ。特になんだ、さっきの〈これだから女さんは〉ってコメントした人。お前、最悪だよ。俺は怒ってるよ。そんなやり方で、自分自身を貶めるな」

コメント欄が動きを早めた。

〈AKILAかっこいい〉

〈さすAKI〉

〈東海林先生息してる?〉

スマホが震えてハイワの担当者からからメッセージが来た。〈荒れてるのでコメント欄を封鎖しようと思ったのですが、流れ変わったので現状保《たも》ちます〉。スマホから顔を上げてパソコン画面に視線を戻した時、新たに投稿されたコメントが目に留まった。

〈男によしよしされながら好きなことやってる人生イージーモードの女さんを叩いてなにが悪い?〉

そのコメントを見て、周助のまぶたが痙攣《けいれん》した。

「おい」

〈漫画家としてもっと上に行きたいって言ってるけど、どうせこいつ、そのうち今の男と結婚して、子供産んで、そんで次はしょうもない育児漫画描くのがオチなんだよ〉

同IDからのコメントが続く。

〈フィクションとは違ってエッセイっていう事実に基づいてることが前提である作品形態で、どうあがいても同意年齢には達してない我が子を登場させた育児漫画を描くって罪を犯すんだよどうせ〉

〈もしくは、男とか結婚とか育児に夢中になって、昔の自分が掲げた『漫画家として立派になりたい』ってご大層な夢からは離脱していく〉

〈両立できるようなタマじゃないだろうしな。フィクションで売れる前に理解ある彼くん漫画を描いちゃうような頭よわよわなんだから〉

〈いつでも夢から降りられるルートに突入してるんだ、こいつは〉

同IDによる連投を見ながら、周助はいつしか耳鳴りを感じていた。言いようもなく胸がざわつき、画面を注視したまま右手を伸ばして無水カフェイン錠の瓶を取ろうとすると、指先が当たって瓶が落ち、中身が床に散らばった。

パ、とコメント欄が更新された。

床の錠剤を手探りでひとつ摘み上げたあと、周助はそれを飲み下さずに手に持ったまま、画面を前に全身の動きを止めた。

〈だから俺はこいつを叩く。どうせそうやって消えていく女さんだから〉

連投の続きの文章だった。

しかし、その投稿だけ、ＩＤが違った。

文頭の隣にある丸い枠の中には、男性アニメキャラのアイコンがあった。

チトセのファンを自称していた、漫画家志望の女子のアカウントだった。

コメント欄が静まりかえる。まるで自分の誤爆に気づいて黙り込んでいるような長い沈黙のあと、画面が更新され、男性アニメキャラのアイコンを掲げた漫画化志望のその女子が、ぽつりとひとことつぶやいた。

〈さびしい〉

周助の手から錠剤が落ちた。大きな波がせり上がってきて、周助は片手で口元を押さええてヘッドセットを外すと、椅子から立ち上がって床に吐いた。朝からなにも食べていなかったので、口から出てきたのはほぼ大量の水だけだった。

嘔吐《おうと》の涙を目頭に溜めながら、周助は血走った目で床から画面を見上げた。配信枠の終了時間まであと八分。畳まなくてはならない。周助は震える手でヘッドセットを装着し、もどした名残で頬を伝う涙を放置した顔で、胸いっぱいに息を吸い込み、目と口を血管が切れそうなほど大きく、笑みの形にした。

周助が言葉を発しようと息を吐き出した時だった。

画面のイコライザーに久しく、さざなみのような波形が生まれた。

『皆さん』

チトセだった。

『せっかく聴きに来てくれたのに、私の考えが足らないせいでこんなことにしてしまって、本当に申し訳ありません』

震える声でチトセが話す。小さな声が奇妙に掠《かす》れていて、もしかするとチトセのほうも吐いていたのかもしれないと思った。

『皆さんにも、AKILAさんにも、申し訳ありません。AKILAさん、かばってくれてありがとうございました。だけど、私に対する皆さんの意見には、返す言葉もありません。私は無知で、浅はかで――』

言葉を詰まらせたあと、チトセは言った。

『――本当に、申し訳ありません』

言葉と同時に頭を下げたことがわかる、音声の遠近感だった。いまや、はっきりそれとわかる形で、チトセは震えて泣いていた。

周助がなにか言おうとした時、またもや、

『私』

と、チトセの声が被さった。

『今回のことでも、これまでの振る舞いでも、きっと無意識に多くの人を不愉快にさせてきました。さっき、AKILAさんが猫の話をしたのを聞いてました。AKILAさんは私をフォローするために悪ぶって自分を下げるような発言をしてたけど、私なんかとAKILAさんじゃ、全然違います。みなさんが許可してくれるなら、私はここで、今から、私自身の話をさせてもらいたいと思います』

伺いを立てるチトセの発言に、コメントがついた。〈また自分語り?〉〈許可する〉〈許可〉〈聞くよ。頑張って〉〈神回だな今回〉

ありがとうございます、とチトセがまた頭を下げた。

『私は過去に、人を傷つけました』

チトセが言った。

『その人は、私の一番最初のファンでした。彼、とも、彼女、とも呼びません。自分では、自分を男だと思うと言っていたけれど、〝私〟や〝自分〟という性別を問わない一人称で話すのが一番自然な気持ちになると言っていたから、分類すべきではない心の形を持った人だったのかもしれません。そしてその人は、ひとりのとある男性を好いていました。なにが言いたいかというと、少なくとも当時のその人にとって、この私は性や恋愛の対象ではなかったということです。ある時は男性が好きで、またある時は女性が好きというふうに移り変わる場合もあるんだろうけれど、その人が私をそういう目では見ていないことは、感覚でわかりました。その人は私を通して、いつも、その人の好きな相手である例の男性を見ているような感じがありました。まるで、私という他人の口から出るその男性の話からしか得られない栄養素を欲しがってるみたいに。私は言葉が下手だから、ネットで使いまわされたこんな表現しかできません。すみません』

また頭を下げて、チトセが続けた。

『私たちは、ネット上の知り合いでした。だけど私は、その人のことを親友だと思っていました。そして私たちはある時、オフ会で、初めて直接顔を合わせることになったんです。私は嬉しかった。その人も、オフ会の間はとても楽しそうでした。でも、その日を最後に、その人は私と連絡を断ちました。たぶん、初めて直接話をして、話題の弾みで少し体が接近した時に、私が思わず、体を引いてしまったから』

チトセの声が再び震えた。

『私は、なんてことをしてしまったのだろうと――』

イコライザーが激しく波打ち、それから一本の線になったあと、再び動き始めた。

『その人のいない世界は、さびしかった』

チトセが静かな声で言った。

『オフ会で、夢を約束したんです。でも、その日からずっと、考えてるんです。自分があの時どうすればあの人を失わずにいられたのか、その答えを探して、いろんな本を読んだり、差別反対の活動をしました。だけど、私は浅はかだから、今日もまたこうして、たくさんの人を嫌な気持ちにさせてしまった。オフ会でその人と約束した夢が叶ったのは、実は今日のことなんです。どこかで見てくれてたらいいなと思って、あの時の自分とは違うことを見せつけたくて、不勉強なくせに意識の高さをひけらかして、失敗してしまいました。私は無知です。でも、ずっと考えてるんです』

チトセの声とマイクの間がなにかで遮られる音があった。チトセが顔を両手で覆ったのだとわかった。

『あの日からずっと、考えてるの』

それから物音はなく、機械だけが拾える微細音をイコライザーがわずかに刻み続けていた。

〈なにこれ〉

〈隙あらば自語りネキ〉

〈懺悔《ざんげ》もう終わった?〉

〈配信終了まで残り一分切った。延長求む〉

〈AKILAいる?〉

変わらず物音はない。ノイズキャンセリング機能付きのヘッドセット越しには人間の耳で聞き取ることのできないその小さな波形が、同情を誘うように鼻を啜《すす》る音が絶対にマイクへ入らないようチトセがティッシュかなにかで顔を押さえているのだと気づいた時、

〈AKILA、〆の言葉お願いします！〉

周助は、自分の頭からヘッドセットをむしり取っていた。

「俺だよ」

ボイスチェンジャー機能を介さない素の声で、周助はパソコン本体のマイクに向かって言った。

『え？』

チトセがワンテンポ遅れてから、戸惑いの声で言った。次いで、コメント欄にも〈誰？〉と周助の肉声に困惑するリスナーたちのコメントが上がった。

「ミッチョです」

『え？』

「だから」

周助はヘッドセットのマイク部分を口元に寄せ、

「ミッチョです」

と、再びボイチェン機能を通してAKILAの声で言ったあと、またヘッドセットを離して肉声に戻った。

「これでわかった？」

『え？』

「聴け、リスナーども」

AKILAとはまったく違う陰気な声で周助が言うと、〈どゆことと？〉〈誰このチー牛〉〈は？？？　は？？？〉とコメント欄がかってないほど激しいスピードで繰り上がった。一番下にあったコメントが一気に一番上までせり上がり、図らずとも〝幕が上がる〟といった様相を呈したので、思わず周助は笑っていた。

「皆さんどうも、AKILAです。えーとね、東海林先生もみんなも訳がわからなくて混乱してると思うけど、今北産業で説明します」

〈え、なに〉

〈アキラどこ〉

「まずね、東海林先生は知らないっていうか気づいてないんだけど、東海林先生が思い出話で語った〝その人〟っていうのが、実は俺なのね。俺、当時からAKILAのファンだった東海林先生に、自分が顔出ししてないのをいいことに、AKILAのことが好きなセクシャルマイノリティのファンのふりして近づいたの。実は他でもない俺本人がAKILAなのにさ。なんでそんなことしたかっていうと、ファン同士の萌《も》え語りを聞くことでしか得られない栄養素ってあるじゃん？　自分に対する賞賛を直接、この耳で聞いてみたかったんだよね。だけど俺がAKILA本人ってバレたらさ、そこには媚《こ》びとか忖度《そんたく》が生まれちゃうから、そういうのって、俺が飲みたい酒に混じる不純物なわけ。俺、純度が高い酒でしか酔えねえんだよ。安居酒屋の混ぜ物だらけのポン酒で気持ちよくなれる貧乏人のお前らとは違うからさ」

〈え、きもいきもいきもい〉

〈ちょっと待って。AKILAを返して〉

　残り三十秒。

「ピーチクパーチクうるせえな。俺のイケボでマンズリこいてたくせによ。まーそんな感じでファンを装って近づいた結果、東海林先生はまったく気づいてなかったよね。萌え語り、大変美味しかったです。ごちそうさまでした。でも気づかないのも無理はないよね。声が違うんだもん。ちなみに俺が使ってるのは海遊堂《かいゆうどう》社の『イケボ3』ってボイチェン機能です。そんで、わかってると思うけど、セクシャルマイノリティっていうのも、めっちゃ嘘な。本当はセクシー女優の松岡《まつおか》ちなさんのことが大好きな二十二歳の男性です！」

〈きもいきもいきもいきもい〉

〈神回決定〉

〈誰か魚拓とった？〉

〈ＬＧＢＴＱを装うとかさすがにタチ悪すぎだろ〉

〈笑ってる人たち、事の重大さに気づいてんのかな。これ相当悪質なこと自分で暴露してるよ〉

残り十五秒。

「みんな、今までありがとうな。馬鹿にするようなこと言ったけど、俺はお前らのことが大好きだよ。ずっと応援してくれてた人たちを踏みつけるようなことしてごめん。セクシャルマイノリティの当事者として毎日を生きてる人たちにも、本当にごめん。ついでにハイドロワークスの方たちにも、ごめん、と言いたいところだけど、すまん。ハイドロワークスには謝らん。こんなクソみたいな会社潰れちまえ。ヘッドでもなんでもない社員にまで全員まんべんなく横文字の役職つけて会社ごっこしてる気色の悪い糞ベンチャーがよ」

残り五秒。

『待って』

刹那にチトセが言った。

「待たない」

言って、周助は残り秒数が〝1〟になった瞬間に言った。

「じゃあな」

配信終了のポップアップが表示されるのも待たずに、周助は椅子から立ち上がって、部屋をあとにした。

廊下に出ると、ちょうどこっちに向かっていたハイドロワークスの社員から「おい」と声をかけられたが、無視してエレベーターに乗り込んで1Fのボタンを押した。下降していく。操作板を見上げてこのエレベーターがＨＩＴＡＣＨＩ製であることに初めて気づいて眺めていると、地階へと自分を引き下ろすワイヤーの動きが、思っていたよりも早いタイミングで止まった。

七階だった。扉が開き、後ろの人間が引き止めるのも聞かずに「ちょっと外の空気を吸ってきます」とひとりの小柄な女性が乗ってきた。チトセだった。

操作ボタンの前に立っている周助の後ろで、チトセが腕を組んで宙を見つめ、落ち着きなく爪を噛んでいる姿が操作板の磨き上げられたスチール部分に映っていた。

久々に目にしたチトセは髪が少し伸びていて、噛んでいる爪の表面にきらりと一粒、ネイルアートで施された小さな石が見え隠れした。気づかないのも無理はない。自分たちが直接会ったのはずいぶん昔のたった一度きりだし、こっちが八階から配信していたことを彼女は知らないのだから。

三階。

二階。

チトセが片手で顔を覆った。肩が大きく上下して震えている。狭い箱の中でかすかな息の音が続き、一階にたどり着いて扉が開くと、長身の男性がひとり、立っていた。彼がチトセの名を呼んだ。

チトセがエレベーターから飛び出して、彼女の靴が箱と地上との境目を越える瞬間、周助は〝開〟のボタンを押した。

長身の彼がチトセを抱き止め、大丈夫だ、と頭を何度も撫でた。一緒に東京へ来ていたのだなと思った。チトセの配信中、近くの喫茶店かどこかで配信を聞きながら待っていたのだろう。周助は〝開〟のボタンから指を離して、エレベーターを出た。

後ろでは男性が、大丈夫、大丈夫だと言いながらチトセの背中を優しく叩く音が続いていて、自分たちの代わりにエレベーターへ乗り込んだ別のふたり連れが「なんかこのエレベーター、ゲロ臭くね」「そういうこと言うなよ」と言葉を交わしながら、閉まった扉とともに上階へ昇っていった。

ビルを出ると、周助はさっきからひっきりなしに震えているスマホを胸ポケットから取り出した。各種の通知やラインに交じって、姉からのメッセージがあった。〈家で焼肉なう。お母さん、ペロっと完食しました。もうすっかり快復したみたい〉。しばらく画面を眺めたあと、周助は返信を送った。

〈ミッチョは元気？〉

即、返信がきた。

〈うん。さっき毛玉吐いたよ〉

周助は笑った。顎先にさっき自分の体から出たゲロだかなんだかの跡がついているのに気づいて、袖で拭った。Xからの通知を見るに、ネット上ではすでに今回の件に関するちょっとした祭りが起き始めていて、多くの意見が、チトセへの応援に傾いているようだった。

ビルが並ぶ通りには緑の植え込みが続いていて、夜だから誰かが水をやったわけでもないだろうに、濡れたように輝いていた。

夜の月の光を受けて、きらきらと光っていた。

（了）

この物語はフィクションです。実在の人物、団体等とは一切関係がありません。

各先生へのファンレターのあて先
〒104-0031　東京都中央区京橋1-3-1　八重洲口大栄ビル7F
スターツ出版（株）書籍編集部 気付
夏木志朋先生／春田モカ先生／雨先生／川奈あさ先生

私を変えた真夜中の嘘

2024年6月28日　初版第１刷発行

著　者　夏木志朋　©Shiho Natsuki 2024　春田モカ　©Moka Haruta 2024
雨　©Ame 2024　川奈あさ　©Asa Kawana 2024

発 行 人　菊地修一
デザイン　フォーマット　西村弘美
カバー　長﨑綾（next door design）
発 行 所　スターツ出版株式会社
〒104-0031
東京都中央区京橋1-3-1　八重洲口大栄ビル7F
TEL　03-6202-0386　（出版マーケティンググループ）
TEL　050-5538-5679（書店様向けご注文専用ダイヤル）
URL　https://starts-pub.jp/
印 刷 所　大日本印刷株式会社

Printed in Japan

ISBN　978-4-8137-1600-6　C0193

スターツ出版文庫　好評発売中!!

『大嫌いな世界にさよならを』　音《おと》はつき・著

高校生の紘は、数年前から他人の頭上にあるマークが見えるようになる。嫌なことがあるとマークが点灯し「消えたい」という願いがわかるのだ。過去にその能力のせいで友人に拒絶され、他人と関わることが億劫になっていた紘。そんなある時、マークが全く見えないクラスメイト・佳乃に出会う。常にポジティブな佳乃をはじめは疑っていたけれど、一緒に過ごすうち、紘は人と向き合うことに少しずつ前向きになっていく。しかし、彼女は実は悲しい秘密を抱えていて…。生きることにまっすぐなふたりが紡ぐ、感動の物語。

ISBN978-4-8137-1588-7／定価737円（本体670円+税10%）

『余命半年の君に僕ができること』　日《ひ》野《の》祐《ゆう》希《き》・著

絵本作家になる夢を諦め、代り映えのない日々を送る友翔の学校に、転校生の七海がやってきた。七海は絵本作家である友翔の祖父の大ファンで、いつか自分でも絵本を書きたいと考えていた。そんな時、友翔が過去に絵本を書いていたこと知った七海に絵本作りに誘われる。初めは断る友翔だったが、一生懸命に夢を追う七海の姿に惹かれていく。しかし、七海の余命が半年だと知った友翔は「七海との夢を絶対に諦めない」と決意して――。夢を諦めた友翔と夢を追う七海。同じ夢をもった正反対なふたりの恋物語。

ISBN978-4-8137-1587-0／定価715円（本体650円+税10%）

『鬼の花嫁　新婚編四～もうひとりの鬼～』　クレハ・著

あやかしの本能を失った玲夜だったが、柚子への溺愛っぷりは一向に衰える気配がない。しかしそんなある日、柚子は友人・芽衣から玲夜の浮気現場を目撃したと伝えられる。驚き慌てる柚子だったが、その証拠写真に写っていたのは玲夜にそっくりな別の鬼のあやかしだった。その男はある理由から鬼龍院への復讐を誓っていて…⁉花嫁である柚子を攫おうと襲い迫るが、玲夜は「柚子は俺のものだ。この先も一生な」と柚子を守り…。あやかしと人間の和風恋愛ファンタジー第四弾‼

ISBN978-4-8137-1589-4／定価671円（本体610円+税10%）

『冷血な鬼の皇帝の偽り寵愛妃』　望月《もちづき》くらげ・著

鬼の一族が統べる国。紅白雪は双子の妹として生まれたが、占い師に凶兆と告げられ虐げられていた。そんな時、唯一の味方だった姉が後宮で不自然な死を遂げたことを知る。悲しみに暮れる白雪だったが、怪しげな男に姉は鬼の皇帝・胡星辰に殺されたと聞き…。冷血で残忍と噂のある星辰に恐れを抱きながらも、姉の仇討ちのために入宮する。ところが、恐ろしいはずの星辰は金色の美しい目をした皇帝で⁉ 復讐どころか、なぜか溺愛されてしまい――。「白雪、お前を愛している」後宮シンデレラストーリー。

ISBN978-4-8137-1590-0／定価671円（本体610円+税10%）

書店店頭にご希望の本がない場合は、書店にてご注文いただけます。